もう一つの霊異記

丸谷いはほ

東京図書出版

まえがき

『霊異記《りょういき》』とは、奈良平安時代の僧景戒《きょうかい》が編《あ》んだ『日本国現報善悪霊異記《にほんこくげんほうぜんまくりょういき》』のことですが、ここで言う『もう一つの霊異記』は内容が異なります。まず大きく違いますのは、物語の舞台が平安時代ではなく、現代の我々が住んでいた昭和・平成時代に移ることです。はじめに登場する物語は（巷《ちまた》の神々《かみがみ》）ともいうべき街中の教祖さん。その他は現代の都市伝説とも言える不思議な物語です。現代版の日本霊異記を目指します。

霊異記とは、神や鬼や物怪《もののけ》が関わってあらわされた、世にも不思議な話を集め書きした怪異譚《かいいたん》だと筆者は解釈しています。

現代社会は、どこもかしこも光が溢《あふ》れ、夜といえども町は不夜城のようになり、物《もの》影《かげ》が無くなってきています。これではモノノケたちの暮らす場はありません。モノノケをはじめ、夜行性の生きものたちは、鎮守《ちんじゅ》の森ですら安心して寄り集まれる場所ではなくなり、もう誰も寄り付かないような人里離れた奥山にしか暮らせなくなってしまっているのが現状です。

むかしは、必ずしも善を成すのが「神」で、悪を行うのが「鬼」というような区別はなかったと思われます。「鬼神《きしん》」という言葉があるように、神と鬼はほとんど同義に使われたように思います。「善」も「悪」も二面性があって、立場によってその何れにもなり得るのです。一般的に言えば、主体者の味方が善で、その対極の敵対者が悪とされてきました。

霊異《れいい》と言っても極論すれば、心の動きそのものが一つの霊的な意思の表れなので、例えば「夢」も一つの霊異と考えられます。霊魂《れいこん》がその発露を求めて脳を介して映像化したものが夢であると考えられます。

「霊魂」と言えば宗教的で、おどろおどろしい気味の悪い感じですが、「心」と言っても良いと思います。心の動きはそのまま霊魂の働きと言っても間違いではないでしょう。

ここに纏《まと》めた霊異・怪異譚、『もう一つの霊異記』は筆者の見た夢を原風景にして書き上げたモノカタリです。昔はカミやオニ、モノノケたちが大いに跋扈《ばっこ》していたのです。眉に唾つけてお読みいただいても結構かと思います。

もう一つの霊異記◇目次

昭和・平成の霊能者

丸谷巖《いわお》は、吉野郡白銀村（現在の五條市西吉野町）で終戦の年の五月に生まれた。両親は待ちに待った男の子だったので、嬉しかった半面「今頃男の子が生まれても鬼畜米英《きちくべいえい》にチンチンを取られてしまう」と嘆いたそうである。

その頃すでに一般の人々の間にも、この戦争は負け戦のようだとささやかれていた。戦争に負ければ大人の男たちは殺され、男の子は去勢《きょせい》されると噂されていたのだ。

家業は山地主だったが、日々の生活は間伐材とわずかな薬用植物を売った収入に頼っていた。秋には松茸の収入もあったが、不作の年もあってこれは安定していなかった。母屋の敷地内に「養蚕所」と呼ぶ別棟があったので、一時期は養蚕もしたようだが、昭和の初め頃に止めたと聞く。後に一家は、梅干し用の青梅や柿、梨の栽培農家に転向した。

不思議なことなのだが、巖は生まれた日の記憶が鮮明にある。天井からぶら下げられた裸電球には傘が被してあって、更にその上から黒い布で覆い、その明かりは真下の部分以外は照らさず、部屋全体が随分と暗かったことを覚えている。灯火管制のためである。電球は下で布団に寝ている自分の周辺だけを照らしていたのだった。上から両親と思しき二人の顔も見下ろしていた。でも、この記憶が誕生日のものだとは言い切れない。生まれて間もない赤子にそのような記憶が残るはずがないからである。でも、確証はないが巖自身は誕生日から玉音放送のあった八月十五日までの間の記憶だと思っている。

終戦の日の記憶と思えるものは他に何もない。

次の記憶は、母がやっと四歳になった巖を連れて村の拝屋《おがみや》さんへ行った時のものである。近所の老婆に「この子は癇性《かんしょう》が強いので癇虫《かんむし》を取ったほうが良いですよ」と言われ、同村の湯川ふろんどの拝屋さんを紹介されたからだった。

そこは白銀村湯川の不動堂（近辺の地の人は〝ふろんど〟と言い慣《なら》わしている）近くの民家に住む老人の家だった。

老人は、まず癇虫を追い出す方法を説明してくれ、その呪法を行った。

まず巖の左掌《ひだりてのひら》に筆で渦巻き模様を墨書きした。次に数珠《じゅず》を揉《も》みながら呪文《じゅもん》を唱《とな》える。すると左手の親指を除く四本の指先からウジ虫のような白い虫が上り立って出て行った。この時のことは今も巖の記憶にはっきりと残っている。これで長男の癇癪《かんしゃく》持ちは治ったと母はよく人に言っていたそうである。

癇性は治ったものの、小学校低学年の頃の巖は熱を出しては頭が痛いと言い、学校をよく休んだ。ある時は法定伝染病の猩紅熱《しょうこうねつ》にかかり、当時村には隔離病棟《かくりびょうとう》が無かったので、両親は医者の勧めによって家の一部屋に隔離した。有効な治療薬はなく、自然治癒力《しぜんちゆりょく》に期待して待つしか手は無かったようである。当時の猩紅熱は命に関わる子供の大病だった。これで亡くなった子供たちは多くいる。巖の場合も例外ではなく、高熱が続いてうなされ、毎日のように病魔に襲われる夢を見た。暴れることがあるので母親ではなく父親が隣で寝るのだが、ある夜は急に隣の父親を殴りつけたそうである。巖の記憶では、毎夜黒い大きな鬼が上から被《かぶ》さって首を絞めに来る。振りほどいても押しのけても、何度でも上からのしかかってきて首を絞めつけるのだ。

「鬼が殺しに来る、助けて」と親に助けを求めても、こればかりは悪夢としか言いようがないので、両親としてはどうとも致し方なかったはずだった。このような状態が数日続いたが、この病魔からは何とか逃れたようであった。

次の記憶は巖が十歳頃、「走り弁天」といわれ、評判だった野原の弁天（現在の辨《べん》天宗《てんしゅう》）さんに、これも母親に連れられて会いに行った時のことだ。

その頃母親は弁天さんの熱心な信者になっていた。

以前より母親は冷え性で、下腹が痛み起き上がれなかったという。それを野原の弁天さんが治してくださったのだと母親はいつも感謝していた。母はその時以来の古い信者の一人だったのである。

その頃の弁天さんは病気治しで、すでに有名になっていた。文字通り「黙って座ればぴたりと当たる」である。少しでも早く弁天さんの「お蔭《かげ》」（信者は宗祖の病気治しのお指図をこのように呼ぶ）が貰いたくて、汽車が国鉄和歌山線五条駅に着くと、先を争って野原町十輪寺を目指して一斉に駆け出した。それで誰が言うともなく「走り弁天」と異名で呼ばれていたのである。

実のところ、筆者も智辯宗祖《ちべんしゅうそ》にお蔭を戴いた者の一人である。

十歳前後の子供の頃、何の病か目を患ってよく見えないようになったことがあった。「弁天さん（母はいつもそうお呼びした）に診てもらおう」と、母は私を連れてバスで隣町の大和五條へ行った。順番が来て母と私は宗祖、弁天さんの座机《ざづくえ》の前に座った。弁天さんと母がどのような話をしたかは覚えていない。弁天さんは目の前で、薬草のようなものを手で捏《こ》ねておられた。

その捏ねられた薬草の団子を、傍らの一人の青年が、私の左手首の内側に押しつけて、包帯で巻いてくれた。後で母から「あの人が弁天さんの息子さんやで」と聞かされた。

あくる日に包帯を取ると、手首に腕時計大の水ぶくれが出来ていた。

「毒を集めた水なので、それを捨てると治りますよ」と、あらかじめ聞いていたので、全く痛くもなく何の心配もしなかった。

結果的にこれで私の眼病は完治した。以降、眼医者の世話になったことはない。

ここで話が多少脇にそれるが、政治家であり作家でもある石原慎太郎氏が昭和四十二年九月に上梓した『巷の神々』(サンケイ新聞社出版局)より引用する。

この文中で氏は……、

「天の大きな恩寵を受けた人間、ということで、教祖というものの性格は大同小異といえるが、現実にその人自身の口からその経緯を聞かされ、その人の行った超現実的なものごとを目にするのは、なんとも興味深い。その点、辧天宗祖《べんてんしゅうそ》大森智辨《おおもりちべん》は、私

写真は智辯尊女が生まれた飯貝の里と吉野川

十輪寺山門の寺銘板

辨天宗総本山如意寺（大和本部）

著者近影（靖國神社）

が教祖自身の活躍中にじかに面談出来た一人であって、茨木で彼女の話を聞いて過ごした一夜は、私にとって甚だ興味深いものだった」と記している。

霊能者とは、「日常の世界と神霊の世界とを結びつける資質を持った宗教的職能者。預言者・シャーマン・霊媒など。」と『広辞苑』には説明されている。

現代においても、街中の占い師や、テレビにも出演するような有名な占い師から、新興宗教の教祖に至るまで、霊的能力を自称する人たちが多く居る。ところが本当に心霊と交信できる霊能を持った「ほんもの」は殆どいないと言ってもいいと思う。

そこで、多くの新興宗教の門をくぐり、信者として実地に体験した筆者の経験から、本物と感じられた人物をあげてみたいと思うのである。

次に続ける記事は、『巷の神々』石原慎太郎著、『生命の水（智辯尊女伝）』山岡荘八監修、および『アマテラスのメッセージ　大和物語』山内光雲著を大いに参考にさせていただいた。改めて感謝申し上げる。

ここで「巷の神々の一人」とも言える、もう一人の霊能者を紹介する。

それは、ひかりの会・山内光雲氏（本名：山内昌）で、平成九年筆者五十二歳の時、姉の紹介により、高槻の事務所で初めて会った。まったく驚きの出逢いだった。あらかじめ自筆で書いていた紙片（氏名と年齢のみ）を見て、氏は悉《ことごと》く言い当てた。

まず配偶者のこと、娘のこと。そして前世のことである。

ただし前世のことは、本当の事かどうか確認のしようがない。

確認のしようは無いが、思い当たることや、確信できることが多くあった。

氏は大阪大学薬学部卒業の薬剤師であり、多くの実用新案特許を持つ発明家である。

また、「ひかりの会」創立者で、初代会長でもある。

この山内光雲氏（故人）こそ霊能者と呼ぶに相応《ふさわ》しいと思う。

巖は山内光雲氏の下《もと》に毎日のように押しかけて師と仰ぐようになる。

平成九年八月のある日、私、巖は山内光雲師から歌を授かった。

それは初めてお会いした時だった。師はのっけから「君は歌が好きだろう」と言われた。はい好きです、と私が答えると、

「歌の好きな人に会うと音楽が聞こえてくる」と話を続けられた。

「私は長年、薬漬けになるほどの闘病生活を続けた。そしてふとしたことから神様の

声が聞こえるようになり、お手伝いをするようになった。それで人には過去世がある事を知った」師は言葉を続けられた。

「私達は男だったり女だったりして、この世に生まれ変わり生活をする。大体二〇〇年ぐらいの周期でこの世に生まれ変わる。およそこの世で一〇〇年、あの世で一〇〇年という具合である。そしてこの世では、苦しみ、泣き、笑い、喜びして生きる」

幸せとはどういうことか？　苦しみが無ければ幸せかどうか？

ボケ老人になれば何の苦も無く、福祉の整った現代ではみんな人がしてくれる。はたしてこれが幸せか？　それは死ねということと一緒ではないか？　というような話をされ、

「神様はほんとに良くしているのですよ。喜びだけを転がさないの、悲しみ苦しみのウラに喜びを置いておられるのですよ」

「栗でもそうでしょう。イガを取って焼き、手を真っ黒にして剝いて初めて美味しい栗が食べられる」と例えられた。

そしてこんなことも言われた。

「自分の道に外れていると、何をしてもどれだけ金を儲けていても楽しくない。商売

をしていてもいつもフワフワしている。君もどんなことをしていても楽しくなかった。これは違うといつも思っていた。このままでは自分は奈良へ行きたいのに、三重へ行ってしまうというようなものだった」と私を見抜いて話を続けられた。

「神様が私に言っておられる、君が前世に歌った歌を代わりに歌ってくれるようにと。さぁ、ヤマトの歌ですよ。何がいい、次の中から選んでみなさい」

私は、さくら、松、杉、うめ、もや、ゆり、と挙げられた中から〝さくら〟を選んだ。

師はすぐ琴のような声を出し、前奏から始められたのが次の歌〝ヤマトやさくら〟である。

ヤマトやさくら

唄　丸谷祥雲

ヤヤヤオー……タンツンツン……ツン
奈良の都に春がくるよ　桜の春がくるよ

大和は神の　大和は神の
大和は神の造りし国なれば
大和やよし　大和や春　大和や桜
大和は今春の盛り　ヤマタイの国

いずれまたくるや都に　この那羅の都にくるべく
雁はいそぎ　走れ畝傍《うねび》へ行くや　那羅《なら》、那羅、那羅
畝傍の春、うれしやの桜の花の君の
白き衣のごとく　その山を包む　先に咲く
桜やうれし　大和の物部《もののふ》の　その愛　そのいのち　その力
桜に秘めて　ほほえみよ　中に愛を包む

君は白妙、愛は爛漫《らんまん》の　桜やうれし
やや武士《もののふ》よ努《つと》めて集《つど》え　さざれ石の　巖《いわお》となりて
千代に八千代に大いなる礎《いしずえ》、那羅の城を築《きず》かなむ

桜やうれし　奈良に桜の咲く春に　神の来る日
その日なれば　奈良に集え　奈良に集いて
語りあかさん　はるばる　桜の春やよし
　タンツツン……ツン……タンツンツン

http://www.yasaka.org/YAMATO/yamatosakura.html

この歌の意味を光雲師は、二十一世紀になってある年の春、いにしえの都奈良に新しい都を築くため神が降り来る。日本中から〝もののふ〟が集まり宴を開く。

そして、もののふたちは新しい都を造るための活動を始める。

二十一世紀中には、まったく新しい都が奈良の地によみがえるだろうと言われた。

山内光雲（昌）氏は、一九二九年に丹波篠山に生まれた大阪大学卒業の薬剤師である。生家は百四十年続いた薬屋で、たった一人の跡取り息子として大切に育てられた。家人も特別扱いして毎日美食を出していたという。生来健康ではなく、病弱で薬を多用して育てられた。家業が薬屋だったこともあって新薬の効能を試す意味もあったらしい。

子供の発育には栄養が大切だとして、幼少の頃から高カロリーの御馳走ばかりを与えられた。それでも、よく風邪をひき、膝を擦《す》りむいたりケガをしても治るのが人より遅い。そこでいわゆるマイシンと呼ばれる「化膿止薬」が使われるようになった。他にも咳が出ると「咳止め薬」、食べ過ぎたときには「消化促進剤」といったように次から次へと西洋薬が投入されたという。これでは病気にならない方がおかしいくらいである。あげく十六歳の時には結核性肋膜炎《けっかくせいろくまくえん》で学校を一年程休学したという。その後も「大学在学中でも、社会に出ても私は常に病気がちでした」と光雲氏は語っている。

大阪大学薬学部を卒業した頃、脊椎カリエスの症状が悪化し、それから約十年の闘病生活が続くことになる。

以下は、平成十四年三月十二日付の本人手記より。

三〇歳で結婚、三二歳から闘病中にひらめいたアイデアを次々と市場に出し始め、創業した医療器具関連の製造会社、「日本ゼリア」（現「ジェクス」）は、受胎調節器具ゼリアコートのヒットで日本の市場の九〇パーセントを奪取することになる。続いて、十字式哺乳瓶チュチュの特許を取り、五年間で市場の六〇パーセントを占めるようになった時、また、病魔に倒れ、胃潰瘍、肺炎、腎炎、片目失明等、殆どの病気を体験することになる。四〇℃以上の熱が一年以上続いた。そして大喀血が半年続き、肺が破れて背中に四つの穴が開き、膿が限りなく出てやがて、内外が貫通した時、破れたアコーディオンのようになった肺は、声を出そうとすると後方から息が漏れる状態で、ものが言えず、虫の息そのままになって半年、うつぶせの姿勢で病床にいたが、その間にもアイデアは次々とひらめき、新製品はヒットして、会社の売上は四六億円、従業員六〇〇人となる。

科学を信じ、医学、薬学を信じて、その通りにした結果、このようになったのだと気付き、一切の薬を止めたが、熱はとめどもなく続き、三日に一度の喀血は洗面器に半分に達し、体重は三〇キログラム、ミイラそのままになって何度も意識不明となる。真暗闇の中、広い荒野の一本道を一人歩く自分が見える。体は余りにも辛いので、ついにやけくそになってこう叫んだ。「私は人並みの生活をして来た。それ程悪い事はしていないつもり、だけど病気ばかりの人生で希望は全く無い。神があるなら出てきて、生死何れでもよいから今すぐ決着を付けて欲しい」。
　すると天から声があった。「よければもう一度良くしよう。そしてその時には、死んだものと思って貴方の肉体を私に貸して欲しい」、「結構です」苦し紛れに約束をした。暫くして耳元に名前を呼ぶ声が聞こえ、また、この世に生きる事になった。
　山内光雲は長い闘病生活の内、苦し紛れに神様を呼び、自分の肉体を神様に貸してお手伝いをする約束をしてしまった。その時から神様の声が随時聞こえて交信できるようになった。神様は、この世こと、あの世のこと、命の仕組みなど様々なことを教えてくれた。光雲には分からないことがないようになった。疑問があればすぐ神様を呼んで聞くのである。（すると神様は光雲の声帯を使って回答する）
　闘病中、様々に浮かんでくるアイデアをベッドから電話で会社に指図したりした。また会社の幹部も訪ねて来ては光雲に相談した。噂を聞いて病院の婦長や看護婦も相談に寄って来た。（本人手記は以上）

退院してからも噂が噂を呼び多くの人々が光雲の下をおとずれた。

山内光雲は、神様に教わった様々なことを、次のように説き始めた。

「人には前世があって、前世からの因縁で現在のこの世に生を受けてうまれてきているものである」

「多くの病気は前世からの因縁によるものである」

「日本の多くの学問は間違っている」

「西欧の学問に憧れ、ギリシャやヨーロッパの文明を研究したため、人類が本来研究しなければならない道を誤ってしまった」

「学問は真理を追究するのが目的であったはずだが、今の世の中の学問は間違っている。閥ができ力を持つとウソでも真実になるからだ」

「特に悪いのは『医学』『経済学』『哲学』で、これらを本当の真理を中核にした学問として組み立て直さなければならない」

「そのためには『神に誠の智慧をもらう』誠の力を借りてやってみようとする謙虚さが必要だ」そして「本」についても言及し、

「真実を伝えるのが『本』であり、本当の本というのは、真実を語る神様の言葉を纏《まと》めて、預言書としても使えるものでなければ『本』ではない」

「娯楽雑誌は別だが、〝ウソ〟の記述がある本は出版するな」と神様は言われる。そのように本は真実を伝えなければならない。人々の心に残るのは真実である。心を打ち永久に残るのは本当の話である。

「昔のヤマトの言葉は、現代の常用語の十分の一で十分だった。それで意思が十分に伝えられた。今は用語が複雑すぎてかえって心を無くしている。同様に本もやさしい素直な言葉に改めなければならない」

「本当の本は、時代を超えて何時までも残る」

「ヤマトの歴史がくるっている。歴史を語るのは真実でなければならない。歴史は歴史として曲げてはならない。そうしてヤマトの歴史を正しく書き直すことが必要だ」

「日本の歴史は『六国史』といえども、その内容にウソの記述が入り込んでいる」

等々。

　山内光雲の下に様々な相談事が持ち込まれるようになっていった。経営相談や人生相談である。もともと薬剤師だった光雲の下には病気の相談も多くなった。光雲は独自の病気の予防や健康促進、医療論を展開していた。

●山内光雲（本名：山内昌、1929〜2002）

山内光雲は健康医療機器メーカーの日本ゼリア（現、ジェクス）の創業者・社長であった。

会社経営の傍ら、数々の発明を行い、実用新案特許を二〇〇以上も取得。中小企業の経営相談や人生相談、また健康維持や病気の治療方法についても独自の理論を展開して人心救済を実践した。薬剤師で会社社長、ひかりの会初代会長で以下の著書がある。

『大和物語』第一巻、第二巻　山内光雲著（たま出版）

『見えない世界が病気をつくる』山内昌著（たま出版）

『病院から逃げろ!!　山内昌（光雲）の「新」医論』関ゆずる編著（たま出版）

●山内光雲の医療論は、一言で言えば「症を出し切る」医療法である。

薬は無用、手術不要。例えば下痢は自然に止まるまで出し切る。これは体内に入った毒物を排泄する自浄作用であるとする。

咳も痰も一つの排泄作用なので出るだけ出し切るのが良い。

発熱も正常な身体の仕組みの自衛作用。

傷口が化膿した場合ですら、それも自浄作用であるとする。現代医学が、むしろ病気をつくり出しているとした理論を展開している。

「一人ひとりの過去の長い生命の記録輪廻転生《りんねてんしょう》は、心の底に圧縮して存在しているのです」と山内光雲は言っている。

●現代医療のパラドックス『やさか掲示板』：2014年2月7日の記事より。
医療のパラドックスは数多くありますが、まず、その第一番は、医学はめざましく進歩していると言われていますが、一方でますます病気が増えていることです。

「病気」とは、誰かが「病気だ」と言った時から始まるものだと言えます。

言葉を変えれば、ある状態を見つけて病名をつけて、病気だと言い出すことで、どんどん病気が増えていくものだと思われます。

たとえば、結婚状態の男女が二年以上経っても子供ができないと「不妊症」とされます。

また、血糖値が高いとして「糖尿病」という病名をつけます。

医学が進歩（見せかけだけの）すると、早期発見だとして発症していないものでも病気にされてしまう。

そして、医療という治療行為で、病気が起こったり、ひどくなったりするのです。必要のない手術をしたり、無用の投薬や放射線などの副作用で身体が傷つけられています。

医療が不健康を促進していることがどれだけ多いことでしょう。

受けなくてよい検査や無用の治療行為で、どれだけ健康を損ね、医療費を無駄遣いしていることか。また病院では高額な医療設備機器の償却のため、設備をできるだけ稼動させようとしています。

これでは早晩、健康保険のシステムが崩壊することは目に見えています。

これは、病院経営者の意向に沿える医師が出世できる恐ろしい背景があるからでしょう。

考えてみてください！

【病院で生まれ、病院で死んでいく】

よく考えると、こんな殺伐とした風景は恐ろしいかぎりです。病気で無いのに病院に入って子供を生み、老いては病名を付けられ病院に入れられて寂しく死んで逝く。どこか間違っていませんか。これらすべて、西欧医学がその方向を誤ったせいだと思われるのです。（『やさか掲示板』：過去ログより）

蛇が巫女に化けた話

あたしの名前は楠木美恵子。

みんなは、あたしをミーちゃん、ミーちゃんと呼びます。

美恵子という名は、あたしがつけたの。

「お父さんかお母さんがつけたのではないの、なぜ」

「仕事は何をしてるの」とお訊ねですか。

今あたしは町内の神社の巫女さんのアルバイトをしています。と言っても土・日・祝日だけのお仕事ですけど。

「じゃあ、本業は学生さん？」いいえ、学生ではありません。

「じゃあ、それ以外は何をしているの？」

それは、ひ・み・つ。でも少しお話しします。内緒にしておいてくださいね。宮司さんには、あたしは家事手伝いと言ってあるんですから。

あたし、いつもは皆さんの相談係のようなことをしています。悩みを聞いてあげたり、願い事を聞いてあげたり、でも勘違いしないでください。あたしは神さまではありません。ですから悩み事を解決してあげたり、願い事をかなえてあげたりする力はありません。ただ聞いてあげるだけ。そして聞いていて、（これは大変だな、何とかしてあげなければ）と思ったことだけ神さまにお願いしてあげる、そんなお仕事なんです。でも占い師なんかではありません。

「なんだろ、まったく分からないや」ですか。

いまからお話ししますので少しずつ分かってくると思います。

貼り紙を見たのは、ある土曜日の朝のことでした。

――アルバイト募集！　若い女性の方――

こんな貼り紙が、町内の八幡神社の社務所窓口に貼られました。その貼り紙を見たあたしは、ふっと応募する気になったんです。でもその日は参拝客が多く忙しそうだったので遠慮して、夕方まで待ちました。そしてやっと参拝客が途切れた頃を見計らって、

「すみません、ちょっとお伺いします」あたしは社務所の窓口から声をかけました。

何か御用？　と宮司さんの奥さんが顔を出しました。

「アルバイトの応募に来たんですけど」気取った声を出してしまったあたし。

ちょっと待ってくださいね、と奥さんが引っ込むと今度は宮司さんが顔を出した。

こちらへ上がんなさい、と宮司さんは社務所の勝手口を中から開いてくださった。

中の四畳半の小さな座敷に案内され、座卓の前に座ると、

「履歴書を見せてください」と宮司さんがいう。

「リレキショ……ですか？」あたしが怪訝《けげん》な顔をしていると、

「これですよ、これ。知ってるでしょ」といって二つ折りの書類を見せてくれた。

あ、そんなものがいるのか、知らなかった。どうしようかとあたしが黙っていると、

「さきほど一人、応募の方がいてね。これはその人の履歴書だけど、あなたも書いて持って来なくては駄目ですよ」あたしは目を伏せ、応募するのを止めようかと思案していると、

「お嬢さん、お名前は」と訊《たず》ねられた。

「あたしはミーコ、いえ、みえこ、そうです美恵子です」

「住所は何処ですか」

「住所は、えーと、クスノキ、はい。いえ、名前はクスノキミエコです」

あたしは慌ててしまって、とんちんかんに答えてしまった。

「仕方がないな、この履歴書用紙に書きなさい」

宮司さんは白紙の履歴書用紙とボールペンを渡してくれて、

「書けるでしょ、書けたら奥に連絡しなさい」と言って向こうへ行ってしまった。

書けますよ、これくらい、長生きしてるんだから、何でも知ってるんだもん。

あたしは座卓の上に置いた履歴書用紙に書き込み始めた。

えーと名前は……楠木美恵子。年齢は二十一歳としてと。住所は大阪府南河内市○○、学歴はと……大阪南女子短大卒……としておこうと、近くの短大の名を書いた。

ああ、やっと書けた。書き終えたので奥の宮司さんに声をかけた。座敷へ戻って来た宮司さんは履歴書を見ると、

「写真はないが、本人がここにいるのでまあいいとするか」と言い、

「お家《うち》はこの近くなんだね。学校もそこの短大を卒業したのかい」

あたしは、はい、とうなずく。——神様、ウソをついてごめんなさい——

「仕事はね、巫女の衣装を着て、私や息子の助手をしてもらいます」

「なに、知らなくてもだいじょうぶ、簡単だよ、すぐ覚えられる」

「お宮参りや、七五三、車の安全祈願などをするときに手伝ってもらうだけだ。あ、他にもいろいろある、教えるよ」

宮司さんはニコニコとずいぶんやさしい。やっぱり美人は得だ。あたしは自分のことを美人だと思っている。一重まぶただけど目はパッチリとして、少し上がり目で光るような瞳がとてもかわいい、口元だってきりりとして、ミロクボサツさまのように三日月形に端《はし》が上がっていて、ほんと、アルカイックスマイルですよ。第一色白だしね。

「さっそく明日から来てくれるかな」

あれ、もう一人面接に来たらしい人はどうするんだろう。あたしは聞いてみた。

「ほかにも応募者がいるんではないんですか？　もうあたし、いえ私に決めてくれるんですか」

宮司さんはちょっと考えるような顔をしたが、はっきりと言った。

「あ、いや、もう君に決めとくよ」

そんな経緯があってアルバイトが決まったんです。

あくる日の日曜日、朝八時に出勤した。

奥さんに案内され、社務所奥の座敷で待っていると隣の部屋から話し声が聞こえる。

「お父さん、お母さんが緋袴《ひはかま》を出してましたけれど、助勤《じょきん》の娘《こ》が今日から来るんですか！」

禰宜《ねぎ》をしている息子の龍太郎さんの声だ。いつも見ているのであたしはよく知っている。あたし龍太郎さんのファンなんだ。たぶん、むこうは知らないでしょうけど。

ふーん、巫女さんのアルバイトをジョキンなんて言うんだ。

「うん、今日から来てもらうことにした。もう来てるんじゃないか、かわいい娘《こ》だよ。お前もきっと気に入ると思うよ」

「お父さんッ、もっと応募者が集まるのを待ってから決めるんではなかったんですか。僕にも相談してくださいよ」

息子の不満そうな声が聞こえる。

「すまん、龍太郎。儂《わし》もすぐに決めるつもりではなかったんだが、つい明日から来てくれと言ってしまったんだ。何かこう、前から良く知っている娘のような気がしてしまってな」

宮司さんが言い訳をしている。

あたりまえだよ、昔から知ってんだもの。龍太郎さんが生まれる前から知ってるんだ。

聞いていたあたしは「コホン……」と小さく咳《せき》をした。だって盗み聞きをしているようでいやだもの。気付いた二人は向こうへ行ってしまった。

入れ替わりにこちら側の襖を開けて奥さんがきた。手には風呂敷包みを持っている。風呂敷を開いて中から緋色《ひいろ》の袴《はかま》と白の小袖《こそで》を出した。奥さんは、たぶんこれで身に合うと思うのよ、と言いながらあたしに服を脱ぐように促《うなが》した。

「いい？　楠木さん、神社ではこの小袖を白衣《はくえ》と言い、こちらの袴は緋袴と呼ぶのよ。下着は、今あなたが着けているような白が原則なので、次からも白にしてくださいね」

まず白襦袢《しろじゅばん》を身に着け、白衣を着て、緋袴を着ける。

奥さんはすぐ傍から指導をして着替えさせると、少し離れてまた、矯《た》めつ眇《すがめ》めつ着付けを直してくれた。長い黒髪を後ろで束ね、最後に白足袋を履くと、

「楠木さん、美しい巫女さんになりましたよ」

奥さんは笑顔で言った。

着替えをすませると奥さんと社務所へ行った。社務所では宮司さんと息子の龍太郎さんがお茶を飲んでいる。四畳半の畳の部屋に座敷机がひとつ、片側の壁際には棚があって、神札や御守、縁起物の鈴などが棚一杯に置かれている。広庭に面した窓側が受付で、引き違いの小窓になっていて、その前には御神籤用の筮竹《ぜいちく》の入った竹筒と、御守や鈴などの見本が並べられていた。

こちらへいらっしゃい、と宮司さんが手招きをした。二人の方へいくと、

「龍太郎、この人が今日から助勤《じょきん》をしてもらうことになった楠木美恵子さんだ」

「どうぞよろしく」

龍太郎さんはちょっとはにかんだような会釈をした。

「これは息子の龍太郎です。禰宜《ねぎ》をしている」

父親の宮司さんが紹介する。

「どうぞよろしくお願いします」

あたしは龍太郎さんの目をじっと見て言い、頭を下げた。

「美恵子さん、今日から土日祭日に来てもらうことになるんだけれど、窓口の案内や

販売の仕事は家内に、巫女の仕事は息子に教えてもらってください」と言いながらも宮司さんは仕事のあらましを説明してくれた。

「なーに、むつかしいことは何もない、すぐに憶えられる、心配なし。分からないことがあればその都度聞けばいいよ」とニコニコと笑顔でいう。

そのあと龍太郎さんはあたしを連れて社務所の外へ出た。

(ああ、うれしい)あたしは出来るだけ寄り添って歩いた。龍太郎さん、何だかきまり悪そうにさっと距離を置く。あたし今度は遠慮してちょっぴりつめる。

(昔からあたし、龍太郎さんのファンなんだ。腕を組んでくれないかなぁ)

参道を逆に歩いて境内入り口まで行った。参拝客がお参りする道順通りに説明してくれるみたい。まず大鳥居をくぐり、石段を上るとまた鳥居があって、あたしは龍太郎さんのすぐ横を一歩下がって、くっついたように歩く。石畳を拝殿に向かって行くと左手に手水舎《てみずや》があった。

「楠木さんは知っていると思うけど……」龍太郎さんは説明をはじめた。

「手水の使い方だけどねぇ、まず、右手に持った柄杓《ひしゃく》に水を汲《く》み左手を洗う、次は柄杓を左手に持ち替えて右手を洗うんだ。前の看板に説明が書いてあるので手の洗い方は大体いいんだけれど、柄杓に汲んだ水を直《じか》に口をつけて飲む人がいるんだよ。あれだけは止《や》めてほしいんだな。正しくは、持ち替えて右手に持った柄杓から水を左の手の平に受けて、その掌《てのひら》からの水で口を漱《すす》ぐ。最後は柄杓を持った右手を上げ、左手を添えて残った水で柄杓もろ共に洗い清める。まぁ、間違ったことをしていても咎《とが》めだてするのは失礼なので、尋《たず》ねられたときは親切に教えてやってください」

(あ、そうなのか)と思ったけれど黙っていた。

だって参拝の人たちが手水を使っているのをよく目にしているけれど、そんなふうに正しくしている人にはめったにお目にかかったことがないんだもの。

「はい、分かりました」あたしはそれだけ答えた。そのまま真っ直ぐ正面を進み、拝殿の前へ行った。

「あ、それとねえ、通路の真ん中は正中線《せいちゅうせん》といって、できるだけ通らないようにしないといけないよ。そこは神様が通るところなんだ」

龍太郎さんは、あたしの右横に並び、あたしをそっと左側へ押しやった。

「拝礼の仕方は知っているよね」

「はい、知っています」

あたしは龍太郎さんにあわせて二拝・二拍手・一拝した。

「それも作法に適《かな》っていないところがあるよ。それに拝《はい》は九十度まで腰を折らないとダメなんだよ。またあとで説明しますけどね」

龍太郎さんは遠慮がちに言った。

次はこの八幡神社の神様について説明があった。

お祀《まつ》りしている神様を祭神といい、ここのお宮の祭神は誉田別尊《ほむたわけのみこと》、気長足姫尊《おきながたらしひめのみこと》、武内宿禰命《たけしうちすくねのみこと》の三柱《さんはしら》の神様だという。誉田別尊は応神天皇のこと、気長足姫尊は神功《じんぐう》皇后のこと、武内宿禰命は武内大臣《おおおみ》のことだと、あらかたの話をして、

「参拝客に訊《たず》ねられたら少しくらいは説明できないとね。楠木さんもこれくらいは覚えておいてください」

そんなことくらい知ってますよ、ここに長い間住んでんだから。あたしはつい、むきになって言いそうになった。（おっと、正体がばれたら大変！）

「境内摂社《けいだいせっしゃ》といってね、ほかにも神様をお祀りしてるんだよ」

龍太郎さんは、境内にある小さな稲荷社《いなりしゃ》、厳島社《いつくしましゃ》を案内した。

稲荷社には狛犬の代わりにキツネの置き物がある。龍太郎さんはそのキツネの置き

物の頭をそっと撫でた。

「あたしキツネは嫌いですッ！」ついうっかり、大きな声で言ってしまった。急にどうしたんだろうと龍太郎さん、変な顔をしている。

「いえ、なんでもありません。こわい生きたキツネの話です」あたしはあわてて否定した。

あんな置き物ではなしに、本物のずる賢いキツネが、お供え物目当てにいつも裏山からやってきて、自分が本当にお稲荷さんの家来のように思い上がっていばってんのよ、と龍太郎さんに言いつけてやりたかった。

（キツネの奴、好かん好かん、この前もあたしをとって食べようとした。あんな奴に喰《く》われてたまるもんか、今度は足に噛《か》みついてやる）

龍太郎さんの説明を聞きながらそう思っていた。

厳島社は境内南側の池のほとりにある。ここの神様は市杵島姫《いちきしまひめ》さまといい、それは美しい女の神様で、あたしをいちばん可愛がってくれている。このすぐ傍には樹齢千年もの楠木《くすのき》があって神木になっている。この大楠木の内部は空洞になっており、根元には祠《ほこら》があって、その前には三十センチくらいの小さな赤い鳥居が立てられていた。

「この御神木には白蛇が住んでいるんだ。地元の人たちにも、ここの巳《み》さんにお願いすると必ずご利益《りやく》があると評判でね。祠にはお供え物が絶えないんだよ」

聞いていてあたしはとても嬉しかった。

「龍太郎さん、あ、禰宜《ねぎ》さん、お供えはタマゴが一番いいです。それも生タマゴがいいと思います。それに時々はお酒も少しお供えすれば喜ぶのではないでしょうか」

これだけは言いたかったので、つい大きな声になってしまった。

「どうしたの、急におしゃべりになって。それに巳《み》さんがどうして酒好きだと分かるんだい？」

「あ、いえ、よく知らないんですけど、そう思ったんです」

あたしはどぎまぎしてこたえた。

「うん、確かに巳さんは酒が好きかもしれないね」

龍太郎さんは、フンフンとひとりでうなずいている。

「今日僕が教えるのはこれくらいにしておきます。あとは窓口の販売だけど、それは母に聞いてください」

「あ、それからどんなことでも母に聞くといい、あれで昔は巫女もしてたんだから、いや、なんでも知っているよ」

社務所に戻ってからは宮司さんの奥さんから、社務所窓口での神札《おふだ》や縁起ものなどの販売品について説明してもらった。神社の巫女の仕事は、受付や販売のほかに祭りや神事《しんじ》の手伝いがある。鈴を鳴らしながらの簡単な神楽《かぐら》もある。初詣やお宮参り、七五三、交通安全祈願や季節ごとの行事があるので、それはその都度教えますということだった。

それから受付に座っていた。天気も良かったのでお参りの人がかなりあって、御守なんかが売れた。新しい車を買ったからと、その安全祈願に来た人もいた。それは禰宜の龍太郎さんの受け持ちだった。奥さんが巫女の姿で従い、次からは楠木さんにしてもらいますよ、今日は見ていてくださいと言われたので、あたしは横で見ていただけだ。

見ているとそんなに難しくはなさそうだった。ほとんど横に控えているだけでいい。

(ああ、早く龍太郎さんの横で仕事がしたいな)あたしは、すぐ仕事なんかおぼえるぞ、とはりきっていた。そんなことを考えているうちアルバイト初日はあっという間に過ぎたんです。

でも次の日からの仕事は、実際考えていたほどやさしくはありませんでした。宮司さんは、簡単だよ、すぐ覚えられると言ってくれたけれど、神拝の作法は簡単ではなかった。

神社の朝は掃除から始まる。見よう見まねで雑務を手伝った後、禰宜の龍太郎さんは、参拝客の少なくなる午後の三時以降になると、毎日一時間付きっきりで教えてくれた。

「助勤《じょきん》の巫女《みこ》といっても、基本的な作法はできないといけないよ」と言い、またこのようにも言った。

「神様に仕える者として大切なのは敬神《けいしん》の心、清潔感、そして誠のこもった正しい神務作法だよ」

神社祭式の行事作法は多くあり、最も大切なのは祭場の位置関係だった。

例えばです。『神前に近きを上位とし、遠きを下位とす』とか、『正中《せいちゅう》を上位とし、左を次とし、右をその次とす』とか言って、神前に対する位置関係で作法が厳格に定められているのでした。ここでいう左右とは神様の位置から見ての左、右のことなんです。

また、進左《しんさ》・退右《たいゆう》、起右《きゆう》・坐左《ざさ》。進下《しんげ》・退上《たいじょう》、起下《きげ》・坐上《ざじょう》。とか、口がもつれそうな難しいことを言って、それぞれ正中、つまり神様の正面線上と、それ以外での進む時、退く時の左右の足の運び順まで決められていて、これも知っていなければならないんです。自分が居る位置によって、左右の足の上位・下位が決まるんです。そしてこれが中々難しいのです。所作の場面場面で頭と動作がついていかない。これは、繰り返し練習をして身体で覚えるしかないといいます。

鈴を使っての簡単な神楽の所作は、雨降りなど参拝客の少ない折を見計らって奥さんが教えてくれた。

アルバイトを始めてから三カ月が経《た》った。

巫女の仕事もこの頃にはだんだんと慣れてきた。土日と祭日の仕事だけれど、もう三十日近くも出勤したことになる。

踊りはまだぎこちないところはあるけれど、その他のことはだいたいできるようになった。宮司さんはあたしのことを娘のように可愛がってくれて、はじめは楠木さんだったのが美恵子ちゃんになり、そして今では「ミーちゃん」になってしまっている。

ミーちゃんなんてぴったり。だってあたし巳生《みう》まれなんだもの。奥さんは今でも楠木さんと呼んでいるけど、龍太郎さんは宮司さんと同じようにミーちゃんと呼んでくれている。楠木さん、なんて呼ばれてもあたしにはピンとこない。

龍太郎さんとは、起工式や竣工式などの行事に車で一緒に出かけたりする。その帰り道にお茶を飲んだり、食事をしたりして随分と親しくなった。いろんな話をして、龍太郎さんはゴルフが好きなこと、スナックへ行って飲むのが好きなことが分かった。スナックはその雰囲気と、どうやらカラオケというのが好きらしい。あたしはゴルフとやらはまったく興味がなかったけれど、スナックには行ってみたいと思った。話を聞くと、お酒を飲んで一人で歌うだけではなく、男女二人で歌ったりしてずいぶんと楽しいらしい。あたしは龍太郎さんに、連れて行ってとおねだりをした。もちろん龍太郎さんは二つ返事で連れて行くと約束してくれた。

約束の日曜日の夕方、仕事を終えてから二人は揃って神社を出た。まだ時間が早すぎると思ったので、バスには乗らず歩いて行くことにした。龍太郎さん行きつけのスナックは、駅前通りのすぐ裏にある。神社から駅までは歩いて十五分。道中二人で歩くのはとても楽しい。梅雨が明けて好天が続き、西の空は夕映えがとってもきれい。

あたりがかなり暗くなってきたのを見計らって、あたしは大胆に龍太郎さんの腕によりそった。

今ではあたしから腕を組みにいっても、平気でそのままにしてくれている。でもなんだか妹のように思われているようなふしがあって、少し不満な時もあるんだ。駅前まで歩いて行くと龍太郎さんは、組んでいた腕をはずして先にたち、裏通りのスナックのドアを押した。あたしも続いて入って行く。

「いらっしゃーい」若い女の子が迎えてくれた。

まだ一人もお客さんは来ていない。

「あーら、ネギちゃんいらっしゃい」ともう一人の女の子。

龍太郎さんは、よぉ、と手をあげ、右側にあるカウンターの奥から二つ目の椅子に腰をかけた。そして手招きをするとあたしを一番奥の龍太郎さんの左側へかけさせようとする。はじめのショートカットの背の高い女の子がすぐ寄ってきて、腰をかけやすいように腰高の丸椅子を引いてくれた。そして言った。

「ネギちゃん、今日は彼女と一緒？」

「美しい人ね。紹介してよ」

もう一人のグラマーな女の子も寄ってきて言う。龍太郎さん、ここではネギちゃんと呼ばれているらしい。そこへマスターが奥から出てきて、二人の前にくると、あつあつのお絞りを渡してくれた。

「ネギちゃん、ようおこし」マスターは笑顔で言い、あたしにも微笑《ほほえ》んでくれた。

「ネギちゃん、彼女できたん？　おめでとうさん」

「ちゃうよ！　マスター、この子はうちのアルバイトで美恵子ちゃんいうねん。なあ、ミーちゃん」

あたしは黙ってうなずいた。龍太郎さん、この店では河内弁まる出しだ。

「ふーん、ミーちゃんいうの。かわいい子やね」

グラマーな子があたしを見つめて笑顔で会釈《えしゃく》した。

「ミーちゃん、紹介しとくわ。この子はなあ、カヨちゃんいうねん。グラマーでぺっぴんやろ。俺ファンやってん」

「ネギちゃん、ちょっと待ってーな、『ファンやってん』いうことは今日から私のファンやのうなったいうこと？　ハァー？　分かったわ。原因はこのミーちゃんやね」

カヨちゃんはフンと口を尖らせたが、あたしのほうをちらりと見て、ニコリとウインクしてみせた。これは龍太郎さんからは見えない。横のショートカットの子も笑顔を見せている。

「この子はな、オヒロいうねん。ほんとはヒロコやったかな、よう知らん。みんながオヒロ、オヒロいうてる人気もんや。スタイル抜群でな、見てみ、顔も悪うない。気性が男みたいでさっぱりしててな、ファンが多いんやで」

「顔も悪うないとは、どないやねん！　ネギちゃん。可愛い子連れてきたと思うたら、今日はえらい強気やね」

この背の高い子も、フンというように拗《す》ねてみせたが、顔は笑っている。龍太郎さんは上機嫌で二人を紹介してくれた。あたしも笑顔を返してあいさつをした。二人ともとても魅力的な女の子たちだ。年はあたしより上に見えるかなぁ。

マスターは棚からボトルを出してカウンターの上に置いた。

「ネギちゃんはいつもと同じやね。彼女も同じバーボンの水割りでえぇのかいな？」

龍太郎さんは、何にする？　とでもいうようにあたしを見たので、一緒でいいです、と答えた。だって、冷酒くださいとは言えなかったんですもの。

マスターは二つ並べたタンブラー・グラスにバーボンを注ぐと、手際よく水割りを作ってくれた。そして小鉢の手作りの付き出しをそれぞれの前に出す。

「このマスターは紹介するまでもないやろ。見ての通りの中年のおっさんや。元は商社で部長までやりはった人やけどな。『おもろない、飽きてしもた』いうて、長い間勤めた会社をあっさり辞めてしもた。ほんで今は遊び半分のこの商売や。気楽なもんやろ」

「奥さんは、相談もなしに会社やめたいうて、長い間、口もきいてもらえんかったらしいわ」龍太郎さんはバーボンを一口飲むと続けて言った。

「それでもな、さすがに商社で部長までやりはった人や。世の中のこと何でもよう知ってはる。そら世界中飛びまわってはったんやもんな」

あたしもバーボンの水割りに口をつける。

「僕はいつも分からんことあったら、このマスターに教えてもろてんねん。なんでも親切に教えてくれはる。兄貴みたいでほんまに頼りになる人やで」

「それになあ、退職金もぎょうさん貰いはったはずやから、お金持ちやしな」

龍太郎さんは、本当のお兄さんを自慢するように饒舌《じょうぜつ》だった。きっとマスターの一番のファンなんだろう。

「お金なんてほとんどないよ。残ってんのは趣味で集めたパイプだけや」

マスターは、後ろの飾棚《かざりたな》に立てかけている何本ものパイプにちらりと目を送り、手に持った根っこのような褐色のパイプを大事そうにさすった。

「もちろん昔は昔で、ええこともあったよ。そやけどな、今の生活が一番自分の性《しょう》に合うてる思うてまんねん」

そう言いながら袋からキザミ煙草を取り出すと、手馴れた様子で根っこに詰め、ジッポのライターで火を付けた。甘いオイルの匂いが微《かす》かにただよう。

紫煙をおいしそうにはき出すと、メガネの奥で優しそうな目が笑ってた。

あたしもこんなおじさん大好き。ファンになってしまいそう。

「ネギちゃん、おしゃべりはそれくらいにして、いつもの歌、歌ってよ」

急に横からカヨちゃんが口をはさんだ。

「今日はなあ、このミーちゃんの歌聴きたい思うてんねん。この子に歌うてもろてよ」

「あ、あたしはだめです。歌もよく知らないし」

「最初は歌いにくいのんと違う？　やっぱり出だしはネギちゃんが歌うてあげて」

「カヨちゃんがデュエットしてくれるんやったら、歌うてもええで」

「ちょっとネギちゃん！　今日から私のファンをやめたんとちゃうの、勝手な人やなあ」

「歌うときは別や、頼むわ。一緒に歌うてんか」

「しゃないなあ、ほな一回だけやよ」

カヨちゃんは曲名をマスターに告げると、龍太郎さんに手を引かれて向こうの小さなステージコーナーへ行った。

大きな音楽が聞こえてくると、マイクを持った二人が歌いはじめた。あたしはカウンターに少し横向きに腰をかけて、バーボンを手にして見ていると、ひとりひとり交替で歌ったり、一緒に声を合わせて歌ったりしている。なんだかずいぶん楽しそう。でもちょっと音が大きすぎる気がした。

「スナックへはよく行くの？」

あたしの空になったグラスに、お替わりをつくりながらマスターは言った。

「いいえ、初めてです」

あたしはカウンターの中のマスターに顔を向けてほほ笑んだ。

「ほんま？　信じられへんなあ。飲みっぷりもええし」

マスターが笑顔で言う。そのときドアの音がして、何人かの人たちがにぎやかに入ってきた。お客さんだ。

「まいどー、いらっしゃい！」マスターは大きな声を出した。ショートカットのオヒロが笑顔で入り口へ行く。オヒロはお客さんたちを奥のボックス席に案内した。

あたしは龍太郎さんたちが歌ってるステージの方に向き直った。二人は顔を見合わせながら歌っている。あたしもなんだか歌いたくなってきた。でも歌がよく分からない。

歌が終わると、マスターが大きな拍手をした。今入ってきたお客さんもみんなで拍手をする。あたしも慌てて手をたたいた。

「さすがネギちゃんのオハコやね。巧《うま》いもんや」

マスターはカウンターに戻ってきた龍太郎さんに、お客さんのお絞りやグラスの用意をしながら言った。一緒に歌っていたカヨちゃんは向こうのボックス席へ行っている。

「龍太郎さん、歌、上手なんですね」

「僕はミーちゃんと歌いたいのや」

「でもぴったりと息が合って、とても良かったですヨ」

「次は絶対一緒に歌おうな、ええやろ」

「私も歌いたいのですけど、歌を知らないからだめなんです」

ほんとにあたしも歌いたかった。龍太郎さんとあんなふうに寄り添って、同じ歌を歌えたらどんなにか素敵でしょう。

「でも次に誘ってもらえる時まで練習しておきます」あたしは付け加えてそう言った。

龍太郎さんは小指をあたしの小指に絡ませ、約束やで約束、と言って指を揺すった。

「ちょっと聞いてもいいですか」龍太郎さんがうなずくのを見てから聞いてみた。

「ここではみんながネギちゃん、ネギちゃんって呼んでいるけど、神社の禰宜《ねぎ》さんだからですか」

「初めはそうやったと思うんや。そやけど今はカモネギのネギかいな、と自分では思うてる」龍太郎さんは笑いながら言った。

「カモネギって何ですか」

「あれ、ミーちゃん分かれへんか？　そうかそうか冗談や、冗談」

龍太郎さんはとうとうふきだしてしまった。

またドアの音がした。振り向いた龍太郎さんが、あ、と声を出した。あたしも入り口を見て、あれ？　と声を出してしまった。宮司さんだ。

「やあ、いらっしゃいッ」

マスターが入り口に向かって声をあげた。

「なんや、お前も来てたんか」宮司さんは息子の龍太郎さんを見て言った。すぐ横にいるあたしに気づいて、ちょっと驚いたような顔をしたが、すぐにこりとして、こんばんは、と言ってくれた。宮司さんはどこに掛けようかと見回してから、龍太郎さんの右側に二つ席をあけて腰掛けた。

向こうのボックス席にいたオヒロが、カウンターに戻って来て中に入った。

そしてにこやかに宮司さんにお酒をついでいる。

「親父《おやじ》はオヒロのファンらしいんや、時々飲みに来てる」

龍太郎さんはあたしの耳に口を寄せて言った。そっと向こうを見ると宮司さん、オヒロを相手に上機嫌で飲んでいる。

またまたドアの音がして、今度は着物姿の婦人が入ってきた。マスターはちらりと見たが声は出さない。婦人は真っ直ぐにカウンターに近づいた。

「いらっしゃいませ、まぁお久しぶりです」婦人は宮司さんに挨拶をしている。

「ママ、おはようございます」オヒロが明るく言った。ここのママらしい。

「おはようヒロコちゃん、ごくろうさま」

あれ、夜なのにオハヨウなんていうのかしら。つぎに私たちのところまで来て、

「禰宜《ねぎ》さん、いらっしゃい、今日は彼女とご一緒ね」

ママは美しい標準語だ。

龍太郎さんが何か言おうとしたけれど、にっこりと笑ったママはどうぞごゆっくり、と言って奥の席へ挨拶に行ってしまった。

「ここのお客さんは、ママのファンが多いんだよ。あれだけマスターの商売に反対していたらしいのに、いざスナックをはじめると、一日も休まずお店に出て愛想をふりまいた。気性がさっぱりしていてねぇ。気配りもよく出来る。お店が順調に繁盛しているのは、どうもママの力によるところが大きいらしい」

龍太郎さん、ママにつられていつのまにか言葉が変わってる。

「最近は時々しか店には顔を出さないんだけれど、今でもママがよく店に出ていた頃のお客が多いんだ。ほら、今ママが挨拶に行っている奥の席のお客さん、あの人たちもママの客だよ」

たしか龍太郎さんは、東京の大学に行っていたと前に聞いたことがあったけれど、もうほとんどその時の言葉になってしまっているなとあたしは思った。奥の席ではママを中心に、にぎやかに談笑している。マイクがその席に持っていかれて、一人ひとり順番にカラオケがはじまった。みんなとても楽しそうだ。あたしも歌えたらいいな。やっぱり練習してみよう。

そうこうしている内にも次々と客は入ってきた。店がだんだん活気づいてくる。

「ほら、次々とお客さんがくるだろう。なぜかママが来る日は不思議と客が多いんだ。もちろん、マスターの客や女の子目当ての客もいるけどね」

とうとう龍太郎さんから河内弁は消えてしまった。

あたしは、はじめて連れて行ってもらったこのスナックが気に入った。

帰りは宮司さんは自転車で、私たち二人は歩いて帰った。参道の大鳥居前まで来て、いつも通り別れようとすると、龍太郎さんはあたしの身体を引き寄せた。あたしはなすがままにして、うっとりと目をとじた。龍太郎さんはあたしを力いっぱい抱きしめ、唇を重ねてきた。あたしは嬉しかった。とうとうあこがれの龍太郎さんがキスをしてくれた。あたしはキスの感触に酔いしれた。龍太郎さんの口の中に舌を差し入れて、舌を絡め、唾液を存分に吸ってみたい。チロチロと口の中を舐めしゃぶりたい。あたしはそんな衝動を必死で抑えた。

「ミーちゃんが好きや」龍太郎さんは河内弁で喘《あえ》いで言った。

「あたしも龍太郎さんが大好き」あたしは上気して変になりそうだった。

いつまでも抱きついている龍太郎さんを押しのけ、もう帰ります、と言うのがやっとだった。家まで送って行くという龍太郎さんを振り切ってそこで別れた。

あたしはいつものように目がさめた。昨夜のことは夢か現実《うつつ》かはっきりしない。楠木《くすのき》の穴の中から外を覗《のぞ》くと小雨《こさめ》が降っている。も少し寝てようかな、と思っていると杖をついたお婆さんがやってきて、楠木の小さな鳥居前にしゃがんだ。そして懐《ふところ》から小さな徳利《とっくり》を出すと、ちり紙を丸めたような栓を抜き、出した盃に酒を注いで柏手《かしわで》を打つ。

「シロヘビの神さん、お願いします。どうか息子を助けてください。息子は明日、病院で手術の予定です。孫のためにもどうか、どうか巳《みー》さん、手術が成功しますようお願いします」

お婆さんは何度も何度もお辞儀《じぎ》をしている。小雨には濡れたままだ。

このおばあさん前からよく来てるんだ。この前は息子の病気が治りますようにとお願いしていたけれど、ああ、とうとう手術することになったんだ。こんな雨の中、子を思う親の気持ちがひしひしと伝わってくる。

世の中には随分と強欲《ごうよく》なお願いにくる人が多いもんなんです。あの人に勝ちますようにとか、宝くじが当たりますようにとか、そんな願いはとても聞いてられません。でもこんなお婆さんこそ助けてあげなくては。あたしは市杵嶋姫《いちきしまひめ》の神様に一生懸命にお願いしてあげようと思った。あたしは神様ではないのでお願いしてあげるだけ。そうなんです。あたしは神様への取り次ぎなんです。早速今晩にでもよく神様にお願いしておいてあげよう。

お婆さんは背を丸めて帰っていった。

今日は雨降りなので参拝のお客さんは少ないはずなんです。あたしは身体を丸めてもう少し眠ることにした。

目がさめると昼過ぎだった。あたしは丸めていた身体を伸ばして背伸びした。よく眠ったのだけれど少し頭が痛い。

ぼーッとした頭で昨日のことを辿《たど》っていった。そうだ昨日の日曜日の夜、龍太郎さんとデートをしたんだ。少しずつ思い出したあたしは、急に龍太郎さんに会いたくなった。そうだ夕べスナックからの帰り道、龍太郎さんとキスをした。はっきりと思い出してあたしはつい、舌を出してピロピロと動かした。ああ、龍太郎さんに会いたい。

雨はもう止んでいたが、平日なので境内は閑散としている。

あたしはそっと楠木の穴から抜け出した。池のほとりに出て水に身体を映し、人の姿に化《ば》けようとした。でもなかなか人の姿に成りきれない。呪文《じゅもん》を唱え懸命に変身しようとしても、いつものようには成れなかった。昨夜、洋酒のバーボンを飲みすぎたからに違いなかった。

「市杵嶋姫《いちきしまひめ》さま、助けて……」とうとう自分の事で神頼《かみだの》みした。

それでも半ばしか人に成れなかった。それでも龍太郎さんに会いたくて我慢ができない。近くへ行って見るだけでいい。

顔は人、身体は大きな白い蛇体《じゃたい》のあたしは、厳島社《いつくしましゃ》の横の林を通り、本殿裏の草むらをくぐって、とうとう社務所の座敷の床下へ忍び込んだ。この姿を見たら龍太郎さん、びっくりして腰を抜かすかもしれないなあ。

床下に潜んでいると人が入ってくる気配がした。

「龍太郎、話とはなんや」宮司さんの声だ。

「はい、お父さん。実は楠木さんのことなんです」龍太郎さんの神妙《しんみょう》な声が聞こえる。

「あの子がどないしたんや。好きになったんか」

「うん、好きになってしもうたんです」

「夕べスナックで一緒やったな。ええ子のようやけど、どんな家の子なんやろな」

「いつも鳥居前で別れるので、家まで行ったことがないんです。前にも二人で仕事に出かけた帰り、送って行く言うたんやけど断られた。それでそっと後をつけたんやけど、途中で分からんようになってしもうたんです」

「ええ子には違いないと儂《わし》も思うけど、ちょっと分からんとこもある子やな。どうも以前に見たことがあるような気がするんや。いっぺん調べよか？」

「お父さん、そんなん調べんでもええわ。僕は結婚しようと、もう決めてるんや」

神妙だった龍太郎さんの声が河内弁になってきた。

「そやったらよけい調べなあかんやないか」

「お父さん、そんなんもうええわ。余計なこといろいろ言うさかい、僕はいつまでたっても結婚でけへんねん。いまどき神社の神職の嫁になる女の子なんかめったに居れへんで。ミーちゃんやったら、巫女の仕事もおぼえたし、嫁さんになってくれる気がするねん。僕はもう四十過ぎてるし、今結婚でけへんかったら五十になってしまうと思うわ」

「せやけど家くらいは知っておかなあかんで」

宮司さんは、まあ、考えとこ、と言って座敷を出て行った。

あたしは龍太郎さんが、結婚まで考えてくれていることが分かってとてもうれしかった。あたしも床下からそっと抜けだした。いつの間にか元の白蛇に戻っていた。

次の出勤日は参拝客も多く忙しかった。

日曜日、仕事を終えると龍太郎さんが、どうだ食事でもしないか、とデートに誘ってくれた。ちょっと遠いがいいレストランがあるんだ、車で行こう、と言う。すると運転してくれる龍太郎さんはお酒が飲めなくなるので、ウナギ以外だったらなんでもいいから近くのお店に連れてってとあたしは言った。

龍太郎さんはいつもの作務衣《さむえ》に着替えている。あたしは半袖のブルーのTシャツにジーンズ。そんな恰好で近くの和風ファミリーレストランへ歩いて行った。

あたしは熱い料理が苦手なので、冷製のオードブルなどで日本酒をいただいた。龍太郎さんは、いろいろ料理をすすめてくれるんだけど、もともとあたしは少食だ。龍太郎さんはビールを飲みながら次から次へと食べている。男の人の食欲は見ていて頼もしい。あたしはニコニコと龍太郎さんの食べっぷりを見ていた。

食事を済ますと市民公園の横を散歩した。あたしは幸せだった。腕を組んでたくましい龍太郎さんに寄り添っているのは最高だ。いつまでも歩いていたいと思った。ほろ酔いの顔にあたるそよ風が心地よかった。青々とした街路樹が続くゆるやかな坂道を行くと右にテニスコート、坂を上りきると市民プールがある。周辺は閑静な住宅地で、この道はそのまま行くと八幡神社《はちまんじんじゃ》に続いている。

二人で話しながらゆっくりと歩いた。八幡神社にどんどんと近づいて行く。あたしはもっともっと神社が、遠くにあれば良いのにと思った。行くにしたがって街灯はまばらになってくる。

とうとう鳥居前まで来た。龍太郎さんは足をとめると、あたしの背中に腕をまわしそっと引き寄せた。そっとあたしは目をとじる。

とても甘い情熱的なキスだった。あたしはうっとりと身体を預けた。

キスをしたまま、龍太郎さんの手が背中から下りてくる。お尻の辺りで止まった。

止《や》めてよ！　龍太郎さん。あたしに火を付けないで。ミーちゃんの情熱をしらないの。あたしは執念深《しゅうねんぶか》いんだぞ。

あたしは未練を振り切って唇をはずし、龍太郎さんから離れた。

「さようなら、龍太郎さん」あたしは走って別れ去った。

あくる日の夜明け、あたしがうつらうつら居眠りをしていると、誰かの声が聞こえて来た。そっと楠木の穴から見ると、あ、宮司さんだ。だらしなく伸びきって寝ていた姿を見られたと思った。

　宮司さんは小さな鳥居の前に座り、つぶやいている。

「ミーちゃん。いえ、巳《みー》の神様、どうか息子の龍太郎のことはあきらめてください。悪いとは思ったのですが実は龍太郎を説得して、あなた様の正体を調べるため、細い絹糸を使うように言いました。昨夜《ゆうべ》のデートの帰りぎわに、息子がそっとあなた様に糸を付けたのはご存じなかったと思います」

　聞いてびっくり、あたしははっきりと目がさめた。ああ、とうとう正体がばれたか。やっぱり宮司さん、古い言い伝えを知っていたんだ。むかしむかし三輪山《みわやま》の大物主《おおものぬし》の神様だってそれで見破られたんだ。

「私はどうも気になっていたのです。それで嫌がる息子にやらせたのです。それで今朝は息子が起きだす前に、こうして先に見に来たわけです。大鳥居前から糸を辿《たど》ると、神社の境内に入り、池の向こうの草むらを通ってこの厳島社《いつくしましゃ》横の楠木の穴へと糸は続いていました。もしや？　と私が思った通りでした。どうもすみません。悪いのは私です。もし罰を受けるなら私が受けます」宮司さんは地面に額《ひたい》をつけるばかりに頭を下げている。

「巳《み》の神様お願いです。アルバイトの仕事はやめていただけませんか。やっぱり神様との結婚は無理だと思います。龍太郎に悪気はありません、本気になっていたと思います。結婚できないとなると、息子もつらいと思いますのでもうアルバイトに来ないでください。もちろん、このことは息子には内緒です。龍太郎には私の方から適当に話しておきます」

宮司さんは後ずさりして戻っていった。

もぉ、あたしは神様じゃないといっているのに。

でも仕方がない、あきらめよう。もともと無理だとは分かっていたわよ。

最初はただ龍太郎さんの近くに居られるだけでいいと思っていただけなんだ。でもあたしだって人なみに恋をしたいと思うときもある。龍太郎さんがキスなんてするから悪いんだ。どっちみち、抱いてもらうことなんて出来ないんだもの。それこそ正体がばれてしまう。

あたしはきっぱりとあきらめることにした。龍太郎さんのことは今も好きだけど仕方がない。お父さんの宮司さんもいい人だし、あれだけ頼まれたら嫌とは言えない。次の出勤日は無断欠勤して、そのままやめてしまうことにしよう。

さあ、もうひと眠りしようか。いい夢でも見ようと、あたしはとぐろを巻いた。
そうだ来年は、あのマスターの居るスナックへアルバイトに行こう。
こんどはどんな娘に化けてやろ。あたしは楽しい夢の中に入っていった。

平成十五年HP「吉野へようこそ」WEB小説初出

土蜘蛛《つちぐも》物語

一、人形の屋形

僕はスケボーに乗って御所市へ向かっていた。

外注先の社長と新商品の打ち合わせがあったので、ブルーグレーのスーツを着て、小さなリュックサックを背にしている。リュックというより、仕事では体裁の良いビジネスバッグになる優れものである。バッグの中は商品見本とモバイルノート、その他には景品で貰ったティッシュ、小さな紙ノートと三色ペン、そして小さく畳んだビニール雨具だけだった。帰りに見本などで荷物が増えても、上質のなめし革でできているこのバッグは折り畳んだ部分のチャックを開けるとかなりの物を収納できる僕のお気に入りだ。

仕事はいつもスマートカーに乗って出かけているのだが、今朝はあまり天気が良かったので、自然の風にふれたくなって、ついスケボーを持ち出してしまったのだった。スケボーと言っても電動式で強力なモーターが付いていて不足のないスピードが出る。

僕の名前は藤原ヒロシ。二十八歳の独身だ。仕事は健康食品を通信販売する会社を五條市で経営している。三年前友人を誘って立ち上げた小さな会社だ。自分が代表者で、友人には財務・経理を担当してもらっている。僕は主に商品企画、営業を統括しているが、なにしろまだ少人数なので部下には任せず開発から販売まで何でも自ら出かけて行き、自分の目で確かめ決定していた。今日も主力商品の一つ明日葉《あしたば》を使った新商品の開発で、外注先の薬品製造工場まで試作品を見に行くところだ。

外注先は高鴨《たかがも》神社の近くにあって、昔から家庭の常備薬、いわゆる大和の置き薬を製造している町工場だった。明日葉も本来は薬として販売したいところだが薬事法に抵触するので「健康補助食品」として販売するのである。「アシタバは不老長寿の仙薬として、あの秦始皇帝が探し求めたといわれる」という触れ込みでよく売れているのだが、同じような商品が他社からも販売されており、しかも自分の所は後発だった。商品の形態は顆粒の薬包《やくほう》で、それをコップ一杯の水に溶かして飲む、栄養補助食品の形態を採《と》っている。それを今度は飲みやすい錠剤にしようと考えていた。それで一気に販売を拡大するねらいだった。

基本的な成分は発売済みの明日葉顆粒と一緒なので特に問題はない。錠剤の形状とパッケージの最終確認が今日の目的である。

先祖代々置き薬を製造しているというこの町工場の親父《おやじ》は、お百姓のような風采の年配で、僕が広告代理店に勤めている頃に知り合った。通販会社の宣伝広告を初めて担当したときだった。初対面の時から親しみを感じた。それに、和漢薬を専門に製造していると聞いて興味を持ったのである。父親を高校生の時に癌で亡くし、西洋医療に疑問を持っていたからだ。その頃からすでに自分も通販会社を立ち上げてみようと思っていたが、薬事法の規制があるので素人では和漢薬の販売はできない。僕が健康食品の通信販売をはじめた動機はこのような事が背景にあった。

「わたしの先祖は葛城《かつらぎ》の鴨族《かもぞく》でしてねえ。いわゆる土民《どみん》の子ですよ」

酔って機嫌良くなった時、親父はそう言って笑ったことがあった。

僕は父の面影を自然と重ねてしまう。

約束の時間に工場に行くと、親父は笑顔で迎えてくれ、事務所に入ると傍らの小さな応接のテーブルにサンプルが置かれていた。

新商品は満足のいく仕上がりだった。

あとはネーミングと宣伝広告をどうするかだが、それはこれから先の課題として残し、外注先の町工場を後にした。

帰り道、国道から県道に入り、峠方面に向かう近道を通る途中、スケボーが急に走らなくなってきた。しっかり充電ができていなかったのかも知れない。日も傾き、早くも夕方になっている。坂道にさしかかり、いよいよスケボーは動かなくなってしまった。辺りはもう薄暗くなっている。

僕はスケボーを足から外すと手に持ち替え、ここから歩いて行こうと覚悟を決めた。途中同じ方向に行く車がつかまれば乗せてもらえるかも知れない。

歩いて行くと、上に続く坂道の向こうに、一台の車が、こちら向きに停まっているのが見える。近づいて行くと車内が少し見えて、着物がはだけそうになった女を、男が後席に移そうとしていた。襟元ではだけた肌が夕闇に白く映えてどきりとした。黒っぽいスーツを着た男は後ろ向きで顔は見えない。

(しまった。見てはいけないものを見てしまった)

直感でそう思った。近道は舗装されているが、一車線のみの田舎道だった。僕はスケボーを片手に、道路の右端寄りをそっと通り過ぎようとしたが、瞬間視線を送ってしまい「ぎょッ」とした。
(死んでいる!)と思ったからだ。女は仰向けで顔を後ろに曲げ、手がぐったりとしていた。男の端正な横顔も見てしまった。僕は慌てて目をそらせ、さも何も見ていないといったそぶりで急ぎ足で通り過ぎた。そして前だけを見て一目散に走った。男に気付かれたかどうかは分からない。息切れして走れなくなると、懸命に坂道を早足で歩き続ける。後ろからライトを照らした車が追いついて来る度に道端《みちばた》の藪《やぶ》の中に隠れてやり過ごした。ヤツが僕が見たのを知っていたら決してそのままにはしておかないだろう。必ず追いかけてきて殺されるはずだと思った。スケボーは藪の中に思い切って捨て置いた。

もう夜になっているはずだった。不思議なことに辺り一帯は霧か靄《もや》がかかってほとんど暗くなっているのに、自分が行く周辺は薄暮《はくぼ》のように見えるのである。道に迷ってしまったようで、全く知らない土地だった。先ほど見た男が後をつけてくるような気がして、追われるように山中の一本道を上っていった。前からも後ろからも、もう車は一台も通らない。気がつくと、道は車が通れないほど細くなっていた。

峠らしい所に出て、今度は下り道だった。方角は全く分からない。そして出逢ったのは小さな流れ、……というよりも、小さな滝が段々に続く、段々滝とでもいうような小川だ。滝壺《たきつぼ》が次々と下に続いていた。川の水が少し濁っているようで、見ると若い女たちが滝壺を手探りして何かを捕っている。女たちが纏《まと》うのは浴衣のような紺《こん》絣《がすり》だけ。一つの小さな滝壺にひとりずつ張りついて、水の中を足や手でかき回している。すぐには捕《と》れないようだ。

その内、何かをつかまえたような女がいたので、近づいて見せてもらうと鮑《あわび》のような貝だった。若い女は前がはだけていても少しも恥ずかしそうにしない。岩の上の一人の老女だけが前を隠すように恥ずかしそうな仕草を見せた。若い女たちの監視役《かんしやく》のようだ。作業をしている若い女たちは、よく見ると顔は未だ少女のように幼かった。近づいて話しかけると反応があったので言葉は通じるようなのだが、その応えが返ってこない。町の名を訊《たず》ねても、最寄りの駅をきいても返事がないのだ。

ケータイのＧＰＳで現在地を確かめようとして、ケータイを紛失していることに気付いた。夢中で走って逃げた際、ポケットから落としたのだろう。ケータイがないと、腕時計を持たない僕は時間も分からない。

仕方がないので滝の下流に向かって歩く。

しばらく行くと道が広くなり、その突き当たりに大きな門構えの屋敷があった。屋形門《やかたもん》を入って行くと、待っていたかのように向こうから女が出て来て出迎えた。単《ひとえ》の小袖だがきっちりと着込んでいる。顔を見ると先ほど滝壺で出逢った老女とそっくりだった。

「ようお越しくださいました。ささ、中へお入りくださりませ」

古風な口調《くちょう》だが、この老女は明瞭《めいりょう》な言葉を発した。いつの間に先回りができたのだろう。

案内する老女の後ろに従って屋敷内に足を運ぶと、そこは中世権門《ちゅうせいけんもん》の邸宅かと思うような造作《ぞうさく》の邸内だった。大勢の女たちが一斉に出てきて出迎えた。

段々滝で見た女たちではないかと思えた。

(不思議な屋敷だな。それに不思議な女たち。言葉は通じているようなのに、禁じられているのか老女以外は話をしない。もう一つおかしいのは男を見かけない……そ

れにしても今何時頃だろう？　今日は帰れないかも知れないな）

僕は老女に訊ねた。

「ここは何処《どこ》ですか？」

老女は微笑《ほほえ》みだけをかえした。

「最寄《もよ》りの駅はどちらですか。今日中に何とか帰りたいのですが、駅へはどう行けばよいのか教えてください」

「この辺りに駅などございません。せっかく寄ってくださったのですから、ごゆるりと御逗留《ごとうりゅう》なさいまし」

老女は（ここは何処ですか）という問いには答えず、さらに奥へと案内していった。

「ここはどなたのお屋敷なのですか？」

僕は重ねて質問した。

「ここは女御太夫《にょごたゆう》さまのお屋敷でございます」

にょごたゆうさま？　……聞き慣れない言葉だ。

「では、ここの御主人は女性の方なのですか」

「ここの主《あるじ》は女御太夫さまでございます。私たちは『太夫』さまとだけ申し上げています」

女性なのか、違うのかの返事はない。

「まずは部屋に案内《あない》させましょう。さあ、アケミ、このお方をご案内しなさい」

老女は、傍《かたわ》らに従っている若い娘に命じた。

「ではごゆるりと。私はまた、後ほどお目にかかります」

若い娘を残し老女は下がっていった。

僕はアケミと呼ばれた女を見た。若く美しい娘だった。年の頃は十七〜八歳くらいにみえる。短い紺絣《こんがすり》の着物から出た手足はすらりとして、衣《きぬ》の合わせ目から見える胸元は白く豊かだった。

「アケミさん？」

呼んでみたが娘は返事をしない。が、聞こえているはずだ。

「アケミ……、でいいの？」

アケミはうなずく仕草《しぐさ》をする。

「アケミ、ここは何？　……そしてここは何処なのか教えて」

アケミは黙っている。訊ねた内容は分かっているらしいのだが、答えが分からないらしい。また話もできないのかも知れない。ここの娘たちは皆話せないようだ。いや彼女らは話す必要がないようだった。全部心で話が通じるようでもある。あるいは目で話し合うのかも知れなかった。

アケミがじっと僕を見る。目が何かを言っているようだが分からない。どこか遠くを見るような黒い大きな瞳だった。アケミは目と手で僕を促した。どうやらこの中を案内すると言いたいらしい。

アケミの後について進んでゆく。

庭木の中を進んで行くと、先から何か囃《はや》すような声が聞こえてくる。

「ヨニ、ヨニ、ヨイヨイヨイ！　ヨニ、ヨニ、ヨイヨイヨイ……」

行ってみると岩の裂け目のような洞穴があって、その上の方から囃声《はやし》が飛んでくる。見るとカラスが何羽も岩の上に留まっていて、同時にクチバシを大きく上下に開けて声を出している。カラスたちの合唱だ。

アケミは僕の後ろから身体を押しつけてきて洞窟《どうくつ》の入り口から入っていけという。乳房の感触が背中に伝わる。背中にアケミがくっついたままで中に入った。入るとアケミはすぐ脇の石でできた水盤から貝のようなものを手掴みして取った。それを持ったアケミは、僕を促し丸窓の付いた部屋の前に行く。部屋の脇に竹籠《たけかご》があってアケミはその中に貝をそっと入れる。

（あれは食べさせてくれるのだろう、どんな料理にしてくれるのかな）僕は刺身だろうか、焼物だろうかと想像した。

アケミが障子を開けて二人で小部屋に入る。部屋は二間続きのようだった。次の間の少し空いた襖の間から布団が覗《のぞ》いて見えた。手前の部屋には豪華な朱色の蒔絵《まきえ》が施された膳が置かれ、酒食の用意が整っているようだった。どのような仕組みになっているのか部屋の温度も快適に調節されているようだ。

アケミは僕の後ろにまわると、手慣《てな》れたしぐさで背広を脱がせ、衣紋竿《えもんざお》に架けた。自身はいつの間にか雅《みやび》やかな寝巻に着替えていた。その軟らかそうな肌から、衣に焚きしめた香木《こうぼく》の香りが漂う。アケミは僕の前に朱色の螺鈿《らでん》の盃を差し出した。それを片手で受け取ると、その大きめの盃に瓢箪《ひょうたん》から酒を注ぎ、先ずは一献《いっこん》とでも言うように目で促《うなが》す。

僕は盃を口につけ、少し酒を含んでみる。冷や酒である。旨《うま》い酒であろうことがすぐに分かった。盃を少し離して盃の中の酒をすかし見る。淡い翠色《みどりいろ》で馥郁《ふくいく》とした、

え も言えぬ香りがただよってくる。口に含んでいたその酒を咽《のど》で味わいながら飲み下した。

今までこのように旨い酒を飲んだことがなかった。改めて盃の残りの酒を飲み干す。アケミは二杯目をなみなみと注いだ。二杯目を飲み干すと盃をアケミに渡し、今度は僕が瓢箪から酒を注ぎ入れた。

ありがとうございます、というようなしぐさをして、アケミは流し込むように飲み込むと、すぐに僕に盃を戻す。また盃に酒を満たすと、目礼《もくれい》して立ち上がった。肴《さかな》の支度でもするのだろう。

しばらくすると朱色の据膳《すえぜん》を持って僕の前にそっと置く。そして、これも朱塗《しゅぬり》の漆器《しっき》の小鉢から箸で肴をつまむと僕の口に運んでくる。不味《まず》いのではないか、毒などは入ってはいないだろうか、などとは全く思わなかった。はっきり特別美味《びみ》だろうと直感的に思えたからだった。

それは実に美味《おい》しく酒の肴にぴったりの味だった。それに食感も良かった。蒲鉾《かまぼこ》のような食味だった。たぶん魚介類か鶏肉の煉物《パテ》ではないかと思う。いや、先ほどの蚫《あわび》のような貝だろう。

アケミは、酒はすすめるといくらでも飲むのだが食べ物は一切口にしなかった。しばらく飲んだ後、アケミは僕の手をとり奥の間のふすまを開け、緋色《ひいろ》の掛け布団が掛かった寝床に誘った。艶《なま》めかしい淡い照明の部屋である。

「何故《なぜ》？」

僕は拒《こば》むように立ち止まった。

「道に迷ってついお世話になっただけだよ。行きがかりで酒は飲んだが、君を抱きたいとまでは思っていないよ」

アケミは僕が逡巡《しゅんじゅん》すると、じっと僕の目を見つめて握っていた手に力をこめた。哀願するような仕草をする。拒《こば》んでしまうと彼女が困るような気がした。主人の太夫からもてなすように言われているのだな、そう思うと拒みきれず床に入った。

アケミは自ら着物を解《と》いた。素晴らしく均整の取れた身体をしている。何も知らない無垢《むく》な少女のようだった。前に立ち、ゆっくり一回転して僕に全身を見せたあと、横からするりと細身の身体を寝床に滑り込ませた。

彼女は能動的《のうどうてき》に動いた。美しい顔を寄せてきて、紅《あか》いくちびるが僕の身体に触れる。清楚《せいそ》な容姿とその大胆な行動が不釣り合いだった。はじめは僕も冷静で、なすがままにさせていたが、途中からその妖《あや》しい魅力に翻弄《ほんろう》された。

夢中で体を合わせると少女の粘膜《ねんまく》は蕩《とろ》かすように蠢動《しゅんどう》して、不覚にも情熱をしたたかぶちまけてしまった。

——まどろんだ後、すぐ近くからの女の声に気付いた。

「お客さま。お寛《くつろ》ぎになられましたか？」

いつ入って来たのか襖一枚隔てた向こう側に居るようだった。

はぁー、僕が声を出すと、

「わたくしはここの執事《しつじ》でイワノと申します。ご用がありましたら何なりとお申し付けくださりませ」

昨日の老女だった。押しつけがましい物言いに反発を覚える。

「イワノさんでしたね。なぜ娘を抱かせたんですか。僕は頼んだ憶えはありませんよ」

横を見たがアケミの姿はもうなかった。

「どうぞ、お気遣いは無用に願います。我らは太夫さまから充分におもてなしをするよう命じられてございます。それにこの屋形《やかた》ではご来客の殿御《とのご》に、夜伽《よとぎ》の女子《おなご》を差し出すのは慣《なら》わしです」

「もう帰らなければなりません。ここはどこですか？」

煩《わずら》わしくなって唐突《とうとつ》に言った。イワノはその問いには答えない。

「シャワーでも使わせてもらえませんか。いえ、水浴びでいいのですが」

分からないかも知れないと気付いて言い直した。

「わたくしが湯殿《ゆどの》にご案内いたします」

先に立って案内するイワノに続いて部屋を出た。薄暗く長い廊下を歩いて行く。すると向こうから一人の人物が歩いて来た。イワノはツッと脇により目礼をしている。羽織袴《はおりはかま》で和装した上背《うわぜい》のある美しい人物だった。すれ違うとき横顔を見て「ドキリ」とした。

通り過ぎるとすぐ、

「どこかでお目にかかりましたか？」

相手が尋《たず》ねかけてきた。振り向いた一瞬、正面から目が合った。

いいえ、僕は小さく言って通り過ぎた。

「今の方もお客さんですか？」

「あの方は太夫さま御抱《おかか》えの陰陽博士《おんみょうはかせ》です」

イワノは小声で答えた。

案内された風呂に入って身体を叮嚀《ていねい》に洗った。昨夜同衾《どうきん》したアケミを不潔に思ったからではなかった。それどころかアケミは、とても清潔で美しく均整の取れた身体をしていた。叮嚀に石鹸で洗ったのは自分の浅ましさに対してだった。あのような美しい少女を淫欲《いんよく》の対象にしてしまったことに悔《く》いがあった。

あふれる湯をたたえた岩風呂に身体をひたしながら、昨夜のことを考えた。あのアケミという少女は何なのだろう。いや、それよりこの古風な家は何だ。そしてここは何処なのだ。

昨日からの記憶をたどる。

僕は自分の会社のある五條市から御所市の薬品工場に、新商品の打ち合わせに来たんだった。そしてその帰り道、葛木山《かつらぎやま》の東山麓の道を通った。そうだ、神社の参道あたりで、乗っていたモーター・スケボーが走らなくなったのだった。辺りが薄暗くなって途中、妖《あや》しい車の中の情景を見てしまった。どうもあの時の男が気になる。あれは殺人ではなかったのだろうか。よくは見えなかったが若い女は死んでいたように見えた。あの男が犯人だろうか。そして死体を遺棄《いき》しようとしているかに見えた。

何もかもが妖しく不思議なことばかりだった。あの男のことは決して忘れられないが、それから後の自分の行動を思い起こすと、この妖しい屋形の場所が大体見当つくような気がする。西の方角に坂道を上がっていたので、確かあれは高天彦《たかまひこ》神社の参道だったはずだ。そして滝のある小川に突き当たった。そこまでの記憶はだいたい確かだったが、その先の記憶には靄《もや》がかかったようで現実とは思えなかった。

とにかくこの屋形を早く退散したほうがよさそうだ。

僕は風呂をあがった。

湯殿から出ようとすると、執事《しつじ》のイワノが白布を持って出口近くで待っていた。すぐ目の前に膝立ちして僕の身体を拭こうとする。僕は白布をもぎ取って急いで自分の前を拭いた。

「背中は私に拭かせていただきましょう」

イワノが言うので布を渡す。

「僕は早く帰らなければなりません。すぐにでもここを出ます」

「朝食《あさげ》の用意を女衆《おなごし》がしています。どうぞ召し上がってからお帰りくださいまし」

イワノは背中を拭きながら言った。

「いや、時間がありません。朝食は遠慮して、すぐ出ます」

イワノが渡す浴衣をあわてて着ると、湯殿の出口に向かった。

一刻も早くこの屋形を離れたかった。部屋に戻るときれいに片付けられていた。リュックサックは部屋の片隅に置かれ、昨日着ていたブルーグレーのスーツも部屋の衣紋竿《えもんざお》にきちんと掛けられている。

後ろからついてきた執事のイワノが、何かと世話をやこうとするのを無視してさっさと着替えてしまう。

「ではイワノさん、これで失礼します。大変お世話になりました。私は藤原ヒロシと言います。五條市で栄養補助食品の販売会社をしている者です。昨日は道に迷った私を泊めていただいてありがとうございました。又改めて挨拶に伺います。ご主人にどうぞよろしく伝えてください」

リュックを背にすると、僕は叮嚀《ていねい》に頭を下げた。

「しばらく、しばらくお待ちくださいまし。主《あるじ》の太夫《たゆう》に許可をいただかねばなりません」

イワノは慌てて奥に入っていった。

やがて戻ってきたイワノは、

「お帰りになりたいと言うのであれば仕方ないでしょう。途中までても誰かに送らせましょうという主のお言葉でした。少々お待ちくださいまし」

帰ろうとする僕を、押しとどめる執事イワノの言葉を聞こうともせず、振り切るようにして玄関に向かった。

屋形門を出てから空を仰いだ。どこにも太陽は出ておらず、不思議な蒼穹《そうきゅう》が広がっていた。坂道を下に向かって下りて行く。この方角の方が天空は明るい。昨日こちらへ来たときは確か上り坂だったので下方に行けばよいはずだった。歩きながらもう一度昨日の記憶を辿《たど》った。西方の葛木山《かつらぎやま》に上がって来たはずなので、帰りは東の方向に行って間違いないはずだった。この時間は早朝なので明るい方が東である。

歩きながら思った。(先ほどは早く帰りたいばかりに、改めて挨拶に伺いますなどと言ってしまったが、はたして又ここへ来ることができるだろうか)……いい加減なことを言ってしまったと悔《く》いが残る。第一この辺りの地理もはっきりしない。

歩いていると後ろから何かが近付いてくる気配があった。振り返って見ると馬車のようだった。僕の真横に止まった。

「藤原さん！」

声を掛けられた。

立ち止まって相手を見ると、ダークスーツを着た若い男だ。

「藤原さん、お名前は執事のイワノから聞きました。お宅まで送らせてください」

男は前方を見据えて手綱を握り直す。

男の横顔を見、ぎょっとした。忘れようとしても忘れられない印象が残っている殺人者？　いや、坂道で見た若い男に感じが似ている。さては奴《やつ》は僕に殺人現場を見られたのに気付いていて、殺してしまおうと付け狙《ねら》っていたのか。僕は怖《こわ》くなった。恐怖《きょうふ》で顔が引きつっていないか案じた。

「いやですねえ、藤原さん。そのような驚いた顔をしないでください。私は女御太夫《にょごたゆう》に仕えている、しがない陰陽師《おんみょうじ》ですよ。名はハルアキと言います。昨夜風呂へ続く廊下で会いました」

そう言えば……と思い出した。風呂への通路ですれ違った和装の麗人《れいじん》。執事のイワノは女御太夫の相談役、陰陽博士と言っていた。

しかし今、女のように美しいハルアキと名乗ったスーツ姿の男を見ると、昨日坂道で見た殺人者と印象がつながってしまう。

(この男が犯人なのではないか)もう一度そっと見なおした。

「太夫《たゆう》に、あなたを送って行くように頼まれましてね。おそらくまた道に迷ってしまうのではないかと心配なのでしょう」

ハルアキは愛想良く言う。

さあ遠慮なくどうぞ、という乗り物は馬車ではなかった。つまり馬が引いているのではなく、驚くべきことに仔馬のように大きな狐が縦一列で四匹、車両に繋がれていた。両輪の幅は狭く、座席は前後に二座設けられていて、細い道でも平気で通れそうだった。狐車《こしゃ》とでもいうのだろうか。

「さあ、どうぞ乗ってください」

ハルアキは乗車をすすめた。

不安感が頭をかすめたが、ここは何処かも分からない土地だった。思い切ってその言葉にすがるしかない。すすめに従って前席に乗り込んだ(後ろから首を絞められたら終わりだな)。

「さあ、どちらに送りましょうか？」

「では、すみませんが、風森峠《かぜのもりとうげ》を南に下りた先の、ジェイ・アール北宇智《きたうち》駅までお願いできますか」

僕は自分の会社の最寄《もより》駅名を言った。

ハルアキがニコリと笑って手綱をたぐりよせた。

「ハァーッ」ハルアキは狐たちに気合いを入れた。

それに応えるように馬ならぬ狐たちは、キッ・コーンと鳴き声をあげると一斉に走り出した。僕の真後ろの一段高い馭者席《ぎょしゃせき》にすわったハルアキの見事な手綱裁きは冴《さ》えて、狐たちは足並みも軽やかに走る。狐車《こしゃ》は葛木山《かつらぎやま》の東麓を南に向かって疾走した。

いや、僕が勝手に南に向かって走っていると思った。馬車と違い、馬の蹄《ひづめ》の音や不快な轍《わだち》の雑音はまったく無い。素晴らしい乗り物だった。

心地よい振動の所為《せい》か眠くなってきた。

(眠ってはだめだ。眠ると殺されてしまう。僕は奴の殺人現場を見ているんだ。やや？……奴は僕に妖術《ようじゅつ》をかけて眠らせようとしたのかも知れないぞ) 恐怖感が睡《すい》魔《ま》をかろうじて抑えた。見計らったようにハルアキが言う。

「藤原さん、眠そうですね。……どうです、目覚ましに珈琲でも飲んでから行きませんか」

実際、珈琲でも飲みたいと思ったので頷《うなず》いて同意した。

「近くに美味しい珈琲を飲ませる店があるんですよ」

ハルアキは小道を山手に入り、狐車を進める。すぐに丸木造りの喫茶店らしい建物がある駐車場に入った。

来客はないのか車は一台も停まっていなかった。店内に入ると、客はいないようなのに大勢の美しい少女たちがいた。それぞれ忙しそうに立ち働いている。窓辺の席に二人が向かい合って座ると、一人の少女が近付いて腰をかがめた。

ハルアキは、珈琲でいいですかと僕に言い、同意するのを見て少女に珈琲を二杯注文した。

珈琲は香りが高くて美味しかった。眠らせて殺そうとしていると思ったのは考えすぎだったかも知れない。いま眠気は醒《さ》めている。

珈琲を飲んだあと、冷たい水を飲みながら僕は向かいの相手に尋ねた。

「お名前はハルアキさんでしたね」

はい、とハルアキが頷く。

「失礼ですが、名字は何と仰《おっしゃ》いましたか。あ、申し遅れました。私は藤原ヒロシと言います。名前はカタカナでヒ・ロ・シと書きます」

僕は真正面から相手の目を見て言った。

「私は言ってませんでしたか。姓はアベ、名はハルアキです」

そう言って少し視線を外すと、

「ご存知の遣唐使だった阿倍仲麻呂《あべのなかまろ》と同じアベ。名は春秋《しゅんじゅう》の春《はる》と秋《あき》で、ハルアキと読みます。私は陰陽師《おんみょうじ》ですが、二十一世紀の現代に生きる青年ですよ。歳《とし》はあなたの想像にまかせます」

にこやかな表情で続けて言った。

「ハルアキさんは何処《どこ》に住んでおられるのですか。あの大きなお屋敷ですか？」

僕は疑問に思っていたことを聞いた。

「そうです。大体はあの屋敷で過ごしてますが、時々はあちらこちらへと出掛けもしています」

「ハルアキさん、どうも不思議な気がしているのです。僕は夢を見ているのではないかと思うのですが、あのお屋敷もこの店も、どうしてあのように若い女性ばかりが働いているのですか」

「ハハハ、見ていても美しくていいでしょう。でもねえ、ほとんどは女性ではないのですよ。女は執事のイワノだけ。あとの若い女たちは、実は女でも男でもない。見た目は少女のように見えますがねえ」

ハルアキは女のように美しい目をして私を見つめる。

僕は店内をあらためて見回した。それにしても不思議な店だなと思う。少女たちは忙しそうに立ち働いている。客はいないようなのに……何をしているのだろう。見ると半数くらいの少女たちは、それぞれの机に向かい指先を器用に動かしながら何かを組み立てている。あとの少女たちは、手足を正確に動かして、部品のようなものを横の箱から掴み、組み立て作業をしている少女の手元へそれぞれを届けている。

その手元で魚がはねたような気がした。魚の玩具《がんぐ》を作っている人形《にんぎょう》、え？　そんな言葉が浮んだ。まさか……。

「藤原さん」

ハルアキがあらためて僕の名を呼んだ。

「藤原さん、もし間違っていたら許してください。以前どこかでお目に掛かったような気がするんですが、違いますか？」

僕は、あッと心で叫んだ（ああ、やっぱり僕が殺人現場を見たことを知って確かめに追って来たんだ）。

ここで僕が、あなたを見たことがあると正直に言えば、僕を殺す気だろうか。僕が返答に逡巡《しゅんじゅん》していると、

「藤原さん、あなたは誤解していますよ」

ハルアキは静かに言った。そして続ける。

「あなたと私は、やはり出会っていたようですね。それも、太夫の屋形で会う前に。ここに来る道中で私が女と車の中に居る所を見たのですね。そして女が死んでいるように見えたので、私が女を殺したのだと思った。それで夢中で逃げた。そうでしょう？」

窺《うかが》うようにじっと見つめる。

「でも、それは違うんですよ」

ハルアキは続けて言う。

「藤原さん、私は太夫に仕える陰陽師《おんみょうじ》だと言いましたね。私は太夫の相談役であり、専属の占い師でもあるのですが、他に医者の役割も受け持っています。つまり大勢働いている娘たちの医者なんです。回りくどい言い方はやめて、はっきり言いましょう。実は医者と言っても人間相手の医者ではなく人形達の医者なのですよ」

ハルアキは言う。

人形の病気、つまり故障すると部品を取り替える。それでも故障が治らない場合は廃棄《はいき》処分にする。その判断をするのも私の仕事のうちなのだと。

「あなたが道中で見たのは、最終的に廃棄することに決定したスクラップ人形ですよ、それをあなたは人間の若い娘だと思い、私を殺人者と思い込んだのではないですか、それを誤解だとさっきから言っているのですよ」とハルアキは説明するのだった。

「藤原さん、どうか誤解しないでください」

ハルアキは説《と》くように話す。

僕はなんだか急に眠くなってきた。

ハルアキの声が遠くなってきて、だんだん聞こえなくなる。

意識がなくなる寸前になって気付いた。

（あ、珈琲に眠り薬が入れられていたんだ……）

時すでに遅く、僕は奈落の底に落ちて行くようだった。

そこは大きな空洞が地下に向かって口を広げていた。

しばらくして周りの空気が動き始める。

空気はらせん状に回転し、僕はその渦に巻き込まれ、穴に吸い込まれていく。

「これは夢だ」この夢は以前に見たことがある。ここでどこからか出てきた少女に救われたが、実際は異界への道だった。

「もうすぐ、少女が救いの手を出してくるはず。でもその手にすがったら終わりだ。二度と帰れなくなる」

夢だと分かっているのに、目は覚ませなかった。

そう考えている間にもどんどん落下は続いている。案の定少女が救いに来た。

（手は出すな！　ダメだぞ！）

……しかし、ついに僕は意に反して手を出し、縋《すが》ってしまった。

すぐそこには不思議な世界が広がっていた。

二、玄園太夫《くろそのたゆう》

少女は、草むらで倒れていたヒロシを助け起こすと、自分の名をナオミと名乗った。ヒロシは奈落のような穴に落ち込み、気絶していたのだ。

ナオミを見て、葛木の不思議な屋形へ行ったときに出会った時のアケミを思い出す。彼女は言葉を話せなかったが、ナオミは言葉を話せた。

ナオミはヒロシを連れて村の中を案内した。

そこは、夜はなく昼もない世界だった。どこへ行っても太陽らしい天体は見えなかった。でも暗くはなく星空もなかった。

一日中ほんのりと明るく、いたるところに花が咲き、植物は豊かに繁っていた。

村の中央には木造の大きな屋形があって、そこでは少女たちが忙しく立ち働いていた。彼女たちは分業で何か部品を作っているようだった。おそらく誰か支配者がいるのだろうと思われた。

ヒロシがナオミに尋《たず》ねると、玄園太夫《くろそのたゆう》と皆から崇《あが》められているのが、ここの支配者で、ナオミはその支配者に仕えている執事《しつじ》の娘なのだという。

その村は現実と夢の区別がないようなところだった。この世界にも様々な人々がいたが男はほとんどいないようだった。いや、女に見えるが男かも知れなかった。または男でも女でもない中性とでもいう種類かも知れない。或いはみんな人形かも知れなかった。人の言葉を話せる者、話せない者がいる。話せる者は人と殆ど区別がつかなかったが、大まかに言えば並外れて美しいのは大体人形と見てよさそうだった。もちろん親しくつき合うようになれば人か人形かの区別はできそうだった。でも人々の中に紛《まぎ》れ込んで住んでいる人形、また、人形たちの間に紛れ込んでいる人間も居るはずだと思われる。

「ナオミさん、僕に教えてください。あなたたちはいったい何者なのですか？　そしてここはいったい何処ですか？　地底世界なのですか？」

「ここが何処かは私も知りません。そして何者かと尋《たず》ねられても、どう答えればよいか分かりません」

でも実際、ヒロシは知りたかった。もうほとんど何が何なのか判らなくなってきていたからだ。何が現実で何が虚構《きょこう》なのか。何が実在して何が只《ただ》の現象《げんしょう》だけなのか。

「私たちはこの地から生まれた霊《れい》かも知れません」

しばらく考えるようにしてからナオミが言った。

「そしてここは霊の世界。辺り一面に咲いている花も、緑に繁る草木も霊でできています。実は私も」

ナオミが話すには、自分は人形なのだけれど、玄園太夫に霊を吹き込まれ、人間と変わりなく生かされている。そして執事の娘にしてもらい、この村では人形達の指導役をしているのだという。

「霊とは何？　……つまり現実では無い幽霊《ゆうれい》のことですか？」

「一言で言えば生命《いのち》のことですが、私たちは古代の怨霊《おんりょう》の力を借りて生きています」

ナオミの目がキラリと光った。

「あなたが藤原一族の末裔《まつえい》だということを私は知っているのですよ。私たちの秘密の一部を覗いて来たことも聞いています」

ナオミはヒロシの顔を覗《うかが》うように言った。

「義母《はは》はいつも、土蜘蛛《つちぐも》の恨みを霽《は》らすのだと言っています」

小さな声でナオミがつぶやく。

(この娘《こ》はあそこの世界の住人と、おそらく一緒の者達なんだ)

ヒロシは何が何だか分からなかった。自分が生きているのか死んでいるのかも。ヒロシは自分自身を疑った。

(虚構《ゆめ》か現実《うつつ》か。それにしても不思議な世界に迷い込んだものだ)

ヒロシはあらためて昨日の自分に起こった出来事を考えてみた。あの人形の屋形でのことだ。まず、あの屋形の主人、女御太夫と呼ばれていると聞いたが、顔を合せたことはなかったし、どのような人物かも全く不明だ。次は執事《しつじ》のイワノ、そして少女アケミ。最後に会ったのは陰陽師ハルアキだった。

多分……と思う。ハルアキとイワノは人間だ。でもアケミをはじめ働いている少女たちはすべて人形だろう。出会ったこともないので全く想像するだけだが、女御太夫というのがあの世界の支配者で、イワノは支配人代理、ハルアキは太夫の相談役で、場合によっては軍師にもなるってとこか。そこまで考えて……、ナオミが、「私たちは怨霊《おんりょう》です」と言っていたのを思い出した。あの少女が自らを怨霊だと言うのなら、太夫をはじめ皆怨霊なのではないか。奴ら全員が怨霊とも考えられる。

では何故、何のため彼らはあのような事をしているのだろう。

ナオミは、土蜘蛛《つちぐも》の恨みを霽《は》らすのだと言っていたが何のことだろう——。

あてがわれた部屋にヒロシがいるとナオミが来た。

「藤原さん、玄園《くろその》太夫《たゆう》様があなたに会いたいと言っておられるそうです。案内しますのでついてきて来てください」

ついて行くと最上階の部屋の前まで案内してナオミは下がっていった。

部屋に入ると正面の椅子に一人の人物が着座していた。少し離れているので表情まではっきりと見えない。

傍らにはその執事らしい老女が従っている。

「この者の名は何というか？」玄園太夫は言った。

小さな声だが、こちらまではっきりと聞こえる。それでも太夫は近習以外には直接言葉を交わさないのがしきたりらしかった。

傍らの老女が太夫の言葉を取り次いだ。

「あなたの名前を玄園太夫様がお尋ねです」

「私の名は藤原ヒロシです」老女はそのままを太夫に取り次ぐ。

「それで仕事は何をしているのかと太夫様が聞いておられます」

同様に老女は玄園太夫の言葉を取り次ぐ。

「はい、仕事は物売りです。健康によい食べ物を売っています」

「葛木山の女御太夫様を知っているかと太夫様がお聞きです」

「いいえ、まったく知りません」

「では陰陽博士の阿倍を知っているかと尋ねておられます」

「ハルアキさんのことでしたら先頃知り合いになりました」

「博士をどう思うかと聞かれています」

「よく分かりません。私もどうして知り合いになれたのかと不思議です」

ふーむ、と玄園太夫は腕を組んで考えているようだった。

ヒロシは、陰陽師ハルアキを思い出した。印象が似ている。

「もう下がってよい」と老女が太夫の言葉を伝えたのでヒロシは自室に引き揚げた。


しばらくして先の老女が部屋に訪ねてきた。

「藤原さま、先ほどは失礼申し上げました。わたくしは、屋敷の主・玄園太夫の執事をしています玄女《くろめ》と申す者です。太夫が申しますには、案内したい所があるのでお連れするようにとの事でございます。いえ、遠い場所ではありません。ぜひ御一緒くださるようお願いいたします」

鄭重《ていちょう》な誘いの言葉だった。断る理由もないので誘いを受けることにした。

「分かりました。御一緒させていただくと太夫に伝えてください」

「それはありがとうございます。それでは早速ですが、これからすぐにお願いできますか」

玄女は傍らの少女が持っていた風呂敷を広げた。

「藤原さま、これは着替えです。ご面倒でしょうが今お召しの服装ではいささか都合が悪いのです。それでこの衣裳にお召し替えを願います」

鄭重に言われてヒロシは了解した。玄女《くろめ》はすでに古風な衣裳に着替えて来ている。

玄女が着替えを手伝った。

ヒロシは玄女と共に最上階の太夫の部屋に行った。二人とも着ていたのは平安時代の普段着とでも言うべき衣裳だった。新しいものではなく着古した感じがする衣類だ。

ヒロシのは平安時代の下級役人の服、直垂《ひたたれ》に袴《はかま》、そして足元は草鞋《わらじ》履きだ。玄女も同様、その時代の庶民の女性が着る衣服を着けていた。

屋敷の主、玄園太夫もほとんど同じように着古した直垂に袴といった装いですでに用意して待っていた。近くで太夫を見ると、先日見た時より実際はかなり若い人物だと思った。やはりハルアキと印象がつながる。

三人で奥の部屋から駕篭《かご》に乗り一気に一階まで下りた。駕篭は機械式にできていた。降りると裏口からすぐ森に続いており、誰にも見られない作りになっている。

森に入るとすぐ洞窟があり、真っ暗なその中に三人で入る。

「これから旅に出立します。藤原さん、しばらく動かないようにしていてください」

玄女《くろめ》の物言いが変わった。

「これから先は、太夫に直接話していただいても結構です。今から時間を遡《さかのぼ》って平安時代の初めに行くので付き合っていただきます」

これを聞いて、なぜ古い時代の衣裳にしていたのか理解できた。

三、過去への旅

三人は田舎道を歩いていた。

ほとんどが雑木林で緑が濃く、所々にある田畑では夫婦らしい者等が働いている。

周りの山々を見渡すと、見覚えがある景色だった。葛木山の東麓のようだ。

ゆるやかな坂道を上って行くと傍らに苫屋《とまや》があった。

その軒先から玄園太夫が「婆《ばあば》よ、元気かの」と声をかける。するとその苫屋の出入り口から一人の媼《おうな》が顔を出した。

太夫が一言二言言葉を交わした後、媼を入れて四人で家の脇から奥に続く小道を入る。玄女がヒロシに近寄って、歩きながら媼のことを、我らの一族に繋がる筋の者だと話す。

行く先の向こうに、柴垣《しばがき》をめぐらせた小祠《しょうし》があった。

その前に進んで玄園太夫が跪《ひざまず》いた。その後ろに玄女が続く。

ヒロシは玄女に見習ってその横に屈《かが》む。

「ここは我が一族の守護神、一言主大神《ひとことぬしのおおかみ》を祀《まつ》る社《やしろ》でございます」

玄女がヒロシに言った。

「一言主大神は吾《われ》の先祖でもある」

続いて玄園太夫が手を合わせたままで言った。

「一言様《いちごんさま》、どうかお鎮《しず》まりくだされ。きっと恨みは霽《は》らします故《ゆえ》」

太夫は深々と頭を下げた。

鎮魂《ちんこん》の祈りを四人で捧《ささ》げた後、四人は苫屋《とまや》の方に戻った。家に入ると、苫屋の媼《おうな》は三人を葛湯《くずゆ》でもてなした。

媼が下がった後で玄女《くろめ》が言った。

「太夫さま、この時代の言葉はどうも使い慣れませぬ故、我らだけの間では、少し平たくさせていただこうかと存じますが、よろしゅうございますか？」

と言って太夫の表情を見る。

「藤原さん、一言主大神《ひとことぬしのおおかみ》様のことですが……」

玄女は玄園太夫《くろそのたゆう》の頷《うなず》いたしぐさを見て、言葉を変えた。

「イチゴンサマと言うのは、『悪事《まがごと》も一言、善事《よごと》も一言、言い放つ神』という言い伝えからきています」

玄女は、太夫が墓所で祈りの際「一言様《いちごんさま》」と言ったことの意味を、ヒロシにも分かるように話して言うのだった。

続いて太夫が、苫屋の媼が出した葛湯の入った茶碗を手にしながら、さらに一言主大神についての話をはじめた。

むかし葛木《かつらぎ》のこの地に狩りに来た大和の征服者、ワカタケル大王（雄略天皇《ゆうりやく》）は、自分と同じ紅紐《あかひも》を付けた青摺《あをずり》の服装をして、供を連れている人物と遭遇《そうぐう》した。その人物には威厳《いげん》があって、自《みずか》らを一言主大神《ひとことぬしのおおかみ》と名乗った。ワカタケル大王は、この地の神だろうと恐縮して、供の武器や衣服を献上すると、それを大神は受け取り、ワカタケルの一行を見送ったというような話だった。

この一言主大神こそ我らが先祖である。我らの先祖たちは古代・高句麗国《こうくりのくに》から渡り来た一族であった。また、狩りに来たワカタケル大王も同じ高句麗の末裔《まつえい》だが、後発の渡来者一族だった。つまり、よく似た様子で同じ服装とは、出自《しゅつじ》が同じであることを示している。時代が下がり天智《てんじ》天皇は百済《くだら》系、次の天武天皇は高句麗《こうくり》系、持統天皇は新羅《しらぎ》系といった具合である。古代のある時期以降、日本列島は古代朝鮮三国の末《まっ》裔達《えいたち》の政権争いが続いたのである。まず初めの政権はもちろん原住民系の大王だった。その次は高句麗系、次は新羅系、最後は百済系が政権を握り今に続いている。日本列島の歴史は、単純に言えば原住民、古渡《こわたり》人、そして今木《いまき》人の対立の歴史だったといえる……というように話す。

玄園太夫の話は熱を帯びる。

「我らが先祖は、政権を奪い、そして奪われ、また取り戻したりの後、最終的に百済勢力の支配下に組み込まれたのである。我らの先祖は原住民と混血して国造りを進めていたのだが、戦乱を経て敗者となり、勝者である百済人に隷属《れいぞく》させられた。我らは今までの身分を剝奪《はくだつ》され、下層民に貶《おとし》められた。そして過酷な労働に従事させられたのである。その過酷な労働のひとつに鉱山の穴掘人足《あなほりにんそく》があった。つまり金掘《かなほり》である。そして我々は人々から蔑《さげす》まれ『土蜘蛛《つちぐも》』などと呼ばれ続けたのだ」

ここで太夫は一息ついて、碗《わん》に残っていた葛湯《くずゆ》を飲み干した。更に話を続ける。

「今上《きんじょう》天皇の嵯峨《さが》は、桓武《かんむ》天皇の第三皇子である。その父桓武は皆も知っての通り百済系の出自である。彼ら百済に所縁《ゆかり》の者は、今我が世の春を謳歌《おうか》している。もと山部王《やまべおう》こと桓武天皇は、百済王家一族をも特別優遇するので、我らはどうしても不満でならなかった」

さらに太夫は続けて言う。

「同じ百済系の藤原一門は特に許せない。現在の藤原一門の最高権力者は藤原冬継《ふじわらのふゆつぐ》である。彼は藤原不比等《ふじわらのふひと》の系譜《けいふ》につながる者だ。彼等は天皇家にまとわりつき、権勢を思うがままにしている。後宮《こうきゅう》に娘を送り込み、その外舅《がいきゅう》となって勢力を拡大してきたのである。奴らは我ら一族を土蜘蛛などと蔑《さげす》むが、彼等こそ政権にまとわりつく狡猾《こうかつ》な蛇の一族ではないか」

なあ、そうとは思わないか、と玄園太夫はヒロシの目を覗《のぞ》いて言う。

「この近くに、我が一族の者が働かされている銅山がある。今からそっと覗きに行こう」

太夫はヒロシにその過酷な仕事の様子を見せたいようだった。

玄女を一言主神社《ひとことぬしじんじゃ》の苫屋《とまや》に残し、銅山に行くことになった。

媼《おうな》の孫だという一族の若者の道案内で、三人は巽《たつみ》の方角にある唐笠山《からかさやま》に向かった。

そこへは二里ほどで、歩いて一刻もかからないという。

その山は高市郡《たけちのこおり》巨勢《こせ》郷内で、坑道入り口は山頂付近にある。だが作業現場を覗《のぞ》くには様々な問題があった。そこは昔、我らと同じ高句麗《こうくり》系の一族が経営していたのだが、政権が代わる度に運営主体も代わって、今では百済系の支配下になっている。その為、部外者への監視が厳しく鉱山には中々近づけないからである。坑内作業をする者達も、今でも土蜘蛛《つちぐも》と蔑称《べっしょう》されている前政権の遺民《いみん》だ。つまり我々と同族の者達が奴隷階級《どれいかいきゅう》に貶《おとし》められているのであった。今では敵対している勢力が経営している銅山なので、通常の道をたどって行っては近づかせてはもらえない。

人目につかない裏通りの山道から向かうので、道案内が必要なのだった。カズラと名乗った一族の若者は、一言主神社《ひとことぬしじんじゃ》の杜《もり》からまず南に行った。

巨殿《こどの》という村を東に抜けて、唐笠山《からかさやま》の麓《ふもと》から銅山に上がって行く通常の道を避けると、村の入り口付近からそのまま南に迂回《うかい》して、御歳《みとせ》神社の境内地から東側の後背《こうはい》の奥山に登って行って銅山に近づくのだという。この社《やしろ》の祝《はふり》は古くから一族の長老が継《つ》いでいるのでカズラは昔から見知っていた。カズラはすでに祝の許しを得ているとみえて、三人はそのまま社殿の横手から奥山に分け入った。

そこは獣道《けものみち》同様だった。まったく人は通らない。険しい山道を登って行くと、直ぐ先が少し開けた所に出て、木々の間から大きな建物が見えた。屋根から黒っぽい煙が出ている。三人は見つからないように茂み伝いに建物に近づいて行った。

カズラは以前にここに来て覗いたことがあると言い、中では大勢の人が働いていて、鉱石を溶かして銅を取り出しているのだという。

僅かな硫黄《いおう》の匂《にお》いと、何か焼け焦げるよう異様な臭《におい》が漂ってくる。三人は草木の茂みから抜け出してさらに建物に近づく。

中から何人かの怒鳴り声と、金物《かなもの》を打つ金属音が聞こえる。

カズラを先頭に、少し離れて太夫とヒロシが続いて建物に張り付いた。

丸木造りの建物は隙間だらけで覗くと中が見えた。

中では大勢の腰布だけの男達が働いていた。内部から息も苦しいくらいの熱気《ねっき》が洩《も》れてくる。

要所には監督者らしい屈強そうな男がいて、手には鞭《むち》のような細長い金属棒を持ち、労働者を威嚇《いかく》して追い使いをしている。

案内のカズラが、手で太夫とヒロシに（すぐにこの場所から離れよう）というような合図を送り、自ら向きを変えて走り出すと近くの茂みに飛び込んだ。ヒロシと太夫もそれに続いて茂みに入る。すると入れ替わるように監督の一人が戸口から出てきた。見回りらしい。不審な気がして出てきたのだろう。

三人は、上に向かって続く獣道を上っていった。しばらく行くとまた簡単な屋根を掛けた小屋があった。後方から白い煙が出ている。茂みから盗み見ると、三人の男が働いている。大きな土造りの窯に木材を次々と押し込んでいる。下の方から炎が少し見えているので、今焚きつけ始めたばかりのようだった。

精練に使う木炭を作っているのだとカズラが小声で説明する。

またカズラの合図で次に向かった。

坑道入り口は、さほど離れていないすぐ近くだった。そこにも屈強そうな男が見張りに立っていた。

「夜まで待ちましょう。先ほどの炭焼き小屋のすぐ近くに木炭置き場があります。そこで夜まで時間を過ごすのです」カズラは言った。

「精練用の木炭は一日一回、早朝に取りに来て、タタラ場へ運んで行きます。それまでは誰も来ませんので安心してください」

それまでそこで過ごしていましょうと木炭置き場に案内する。

その木炭置き場は粗末ながら屋根が掛けられて雨露をしのげるようになっていた。置かれた木炭束の隙間に三人で腰をおろす。横になれるような広さはなかった。

「あなたは藤原ヒロシさんでしたね」太夫が言った。

「やはりあなたも藤原一族につながる人間ですか」

太夫は続けて言う。

あ、……とヒロシは気付いた。

(やはり私のことを藤原の一族だと恨みに思っているのだな)

「太夫さん、はっきり言っておきます。確かに私は藤原姓ですが、あの傲慢《ごうまん》な藤原北家《ふじわらほっけ》一統《いっとう》とはまったく違います。もともと藤原氏とは縁もゆかりもありません。私の先祖は吉野の古代部族なのだと母から聞いた記憶があります。でも、母が病気で早世してしまい、縁者の世話で仕方なく藤原の名字を名乗る家に養子としてもらわれて行ったのです。養子先の家も、藤原氏の使用人だったため、藤原の姓を名乗らせてもらったもので、元々名家の藤原氏とは何の血縁《けつえん》もなかったと聞いています。どうか誤解の無いようにお願いします」

ヒロシは真っ直ぐ太夫の目を見て言った。

「太夫さん、私の方にも質問があります」

ヒロシは視線を外さずに続けて言う。

「あなたは私が知っている人によく似ているのですが……」

ヒロシは聞いた。

「もし間違っていましたらすみません。あなたは陰陽師《おんみょうじ》の阿倍春秋《あべはるあき》という人をご存知ではありませんか。そして女御太夫《にょごたゆう》という人形屋形《にんぎょうやかた》の主《あるじ》も当然知っておられるのではないですか」

これは直感だけですが……とさらに続けてヒロシが言う。

「玄園《くろその》太夫《たゆう》さん、あなたは女御《にょご》太夫《たゆう》とも名乗っていませんか？」

ヒロシは玄園太夫の目の奥を覗き込む。

「どうも印象が似すぎているのですよ。私はお目にかかったことがないのですが、あの女御太夫と呼ばれている人も、あなたと関わりがあるでしょう。ずばり三人は同一人物ではないですか」

ヒロシは決めつけるように言い切った。

「ハハハ」太夫は透き通った声で笑った。

「気付いてましたか。実はその通りです」

太夫ことハルアキは笑顔で話し続ける。

「私は陰陽師だと言いましたでしょう。昔から陰陽師は神出鬼没《しんしゅつきぼつ》と言われています。文字通り何処《どこ》へも自由に出入りしています。平安時代の貴族、小野篁《おののたかむら》は高野槙《こうやまき》を伝って冥界《めいかい》に出入りしていたという伝説にもある通りなんです。私もあの世だけでなく過去世界にも往来《ゆきき》できるのです。実は私、土御門家《つちみかどけ》にもゆかりの安倍晴明《あべのせいめい》の末裔《まつえい》なのですよ」

ハルアキは饒舌《じょうぜつ》だった。

「確かに私は、阿倍春秋《あべはるあき》とも名乗っていますが、アベにも庶流《しょりゅう》がありましてね。私の方は土蜘蛛《つちぐも》の血を引く土民《どみん》の流れです。それであなたと私は先祖が親戚《しんせき》同様。敵対する必要がないと判っただけでも良かったですよ」

ハルアキは本当に嬉しそうだった。

「ヒロシさん。もう気づいているとは思いますが、狐車《こしゃ》で喫茶店へ行ったとき、私はあなたの珈琲に眠り薬を入れさせました。そして、あなたの夢に便乗して、地底世界に踏み込んだのです。それからはずっと一緒で、こうして過ぎ去った昔の時代にも遡《さかのぼ》って来ています」

ハルアキは、藤原さんと言っていた今までの呼び方をヒロシさんと言い換え、笑顔で話し続ける。

「ヒロシさん、私の見込み違いから、あなたに迷惑をかけたことはすみません。でも昔に来て見て、彼らが我々の先祖たちにどのような事をしてきたか、つぶさにあなたも目にしたでしょう。どうです、私の藤原北家一統に対する復讐に協力してくれませんか？」

もちろん、ヒロシは同意できなかった。

いつの間にかカズラはヒロシにもたれかかって眠っている。

炭焼き小屋で夕方まで時間を過ごすと、辺りが暗くなっているのを見定め、眠りこけているカズラを起こして三人で坑道入り口に向かった。

暗くなっていても坑道入り口には見張り番がいた。その男を見たカズラが知っている男だという。

「あの男を眠らせよう」ハルアキは言った。

そして懐から小さな瓢箪を出すとカズラに説明した。

これはよく効く眠り薬だが、いかにも美味しい水飴のようにあの門番の男の前に行って食べているふりをしてください。そして男の前を歩き回り、甘い甘い、美味《おい》しい美味しいと言って、門番が食べたくなるように演技するのです。酒だと言うと用心して飲まないよう我慢するだろうけれど、甘い物なら少しくらいはいいと思うはずだと説明した。

「よろしいか、『甘い、甘い。美味しい、美味しい』ただそれだけを繰り返すのですよ」

奴は必ず、俺にも飲ませてくれと言うはずだと、ハルアキは自信たっぷりに説明する。

カズラがその通りうまく行動すると、作戦は成功した。

門番の男はたちまち座り込み、寝てしまったので三人は坑道に入り込むことができた。

坑道内は暗かったが、所々に松明《たいまつ》が点《とも》されている。かなり大きく広い坑道だった。入り口近くはかなり大きな場所がつくられて、採掘された鉱石の仮置き場になっていた。奥に延びたその坑道から枝のように左右所々に横穴が掘られている。そこは狭く、膝をつかないと通れないほどの広さしかなかった。

横穴では、引敷《ひっしき》を使って膝をついたり、尻下に敷いたりして仕事をしているのだとカズラが説明する。苦労して掘った鉱石は、ある程度の広さがある中央坑道まで、また別の人足が運び出す仕組みのようだ。

いくつも掘られた横穴の奥では作業がまだ続いているようだった。タガネが岩石を穿《うが》つ音が聞こえてくる。

坑道を支える木組みを作る大工たちの、鉄釘を打つ音もする。

しばらく入り口近くの鉱石仮置き場にひそんでいると、今日の作業が終了したのだろう、人足らが引き揚げてきた。

ぞろぞろと出てくる穴掘り人足たちの足取りは重かった。監督者の号令で作業の終了が告げられると疲れた人達はその場にへたりこむ。監督らは坑道を出て何処かへと消えた。

休憩したあと、人足らは列をなして外へ出て行く。何十人もの人たちだ。三人が後をつけると坑道から少し離れた茂みの中に続いて入っていく。

全員の姿が消えてしまってから見に行くと、そこは古い坑道の跡らしかった。もう掘り尽くして用済みになっているのだろう。そこは門番も監視者もいなかった。そっと中に入って窺《うかが》うと、そこは彼等労働者の寝泊まり場所になっていた。またそこは食事場でもあった。

彼等に与えられたわずかな食材で、彼等と同じ村から徴用《ちょうよう》されてきている女が賄《まかな》いを作っていた。

食事は一日二回、朝と晩だけだ。朝は晩に残しておいた食べ物の残りを急いでかき込む。毎日重労働なのでぎりぎりの時間まで皆は泥のように眠り込んでいるからである。

わずかに自由な時間と言えば晩めし時だけだった。食事は雑穀《ざっこく》にわずかな野菜を入れて炊き込んだだけの粗末なものだ。

耳をすましていても、彼等の話し声はほとんど聞こえてこない。疲れ切っていて、話す力すら残っていないのだろう。どれだけ日常の労働が過酷なのかわかる。飛び出して行って彼等全員を解放してやりたいという思いに駆《か》られた。

鉱山で働いている同族の者達の様子が分かったので、もう引き揚げようとハルアキが言う。

「昔の時代に来ている我らは、人と関わってはならない。言葉を交わしてもいけない。話し方が変だと騒がれても困るからだ。ただし苫屋《とまや》の媼《おうな》とその孫のカズラは大丈夫だ。気にしないで良い。あの二人は私が造った傀儡《くぐつ》だからだ。何とでもなる」

ヒロシに近づくとハルアキは耳元で小声で言った。

ハルアキは次の行動を説明する。まず一言主神社の境内にある苫屋に戻り、媼の家で待っている玄女《くろめ》と引き替えにカズラを戻す。そしてその平安時代の過去から、時の早送りをしてナオミのいる地底の花屋敷に戻り、そして更に葛木の人形の屋形に帰るのだと、太夫こと正体を打ち明けたハルアキが話して、素速い行動を促した。

「では、できるだけ早く帰ろう」

「そんなに簡単に元の世界に戻れるのですか」

「ハハハ」あの透き通った声でハルアキが笑った。

「皆《みんな》知らないだけなんですよ。すぐ隣《となり》に別世界があることを」

往き来する法がわかれば、どの世界へも自在に出入りできるとハルアキは笑顔で言った。

四、帰　還

僕は目覚めた。

店内を見回して、おぼろげながらも記憶が蘇ってきた。

（そうだここは、葛木の人形の屋形からの帰り道、ハルアキに狐車で送ってもらう途

中に入った丸木造りの喫茶店だ)

記憶をたどり、もう一度店内を見回したけれど、あの時大勢いた人形娘たちは一人もいない。

僕は起き上がって一度大きく背伸びをし、窓際に行った。

窓から見える景色は確かに葛木山の東麓《とうろく》のようだった。向こうには見慣れた御所市《ごせし》の風景が広がっていた。

さらに記憶を辿っていると店内奥から一人の知人が顔をだした。人形屋形の陰陽師ハルアキだった。

「藤原さん、目覚めましたか」

「はい、ハルアキさん。いえ、女御太夫さんでしたか?」

ヒロシはとぼけて言った。

「どうやら私は、長い間眠っていたようです。ところでハルアキさんは今まで何処におられたのですか?」

「私はずっとここにいて、あなたが目を覚ますのをじっと待っていたのです」

そんなに長い時間ではありません、ほんの数時間です。営業時間が過ぎたので店員の少女達は帰しましたと言い、ヒロシが何を尋ねても知らないというばかりだった。

「藤原さんに渡すものがあります。大切な忘れ物ですよ」

ハルアキは奥に入り、見覚えのあるリュックサックとスケボーをそれぞれ左右の手に持って出てきた。

僕は一刻も早くハルアキから離れ、この場から立ち去りたかった。

ありがとうと僕はそれを受け取り、そそくさと出口へ向かう。

「送りましょうか？」と言うハルアキに、

「結構です。ここからは自分で帰ります」と別れを告げて店を出た。

リュックを背負い直し、スケボーはと見ると何だか動きそうな気がする。それで、靴に取り付けてみると、パイロットランプが点いた。リュックの中身はと、改めて見てみるとそのままあった。だが、ケータイはやはり無くしたようだった。リュックの中にも、自分のスーツのポケットにも入っていなかった。

ケータイがないと、心配しているだろう会社の仲間にも連絡ができない。とにかくまず会社に戻ろうと思った。

スケボーをスタートさせると、以前のように軽快に走った。

南に下り、国道二十四号に出て西に向かう。

会社の最寄り駅、ジェイ・アール北宇智駅前を通ると、見慣れた車があった。明日《あし》葉《た》《ば》をデザインしたロゴが側面に入れられたスマートカーだ。

「お帰りッ、藤原。遅かったな」車の中から声がかかった。

専務の安田だった。学生時代からの友人なので二人だけの時の名は呼び捨てだ。

「おう、安田か。迎えに来てくれたのか」

「いや、昨日から何の連絡もなかったからな。酔っぱらって駅で寝ているのかも知れないと思い、立ち寄ってみただけだよ。あ、それとこれ、ケータイ。お前の机の上で充電やりっぱなしになってたよ」

僕がありがとうと受け取ると、安田は安心したとでも言うように白い歯を見せた。

僕は、昨夜飲み過ぎて知り合いに泊めてもらったのだと話した。安田も詳しいことは聞こうとしない。

「安田、すまんがちょっと付き合ってくれないか。一緒に行ってもらいたい所があるんだ」

ヒロシは、そんなに時間はかからない、車に乗せてくれと言って、履いていたスケボーを外すと、後部の小さなトランクに入れた。このクルマは社用車で、ヒロシも日常的に乗っている電動式の三輪乗用車だ。前席が二人乗りになっている。

僕は反対側に回り込んで助手席に乗り込む。

「安田、高天彦《たかまひこ》神社へ行ってほしいんだ。場所は知っているだろう。あの辺りを今一度よく見てみたいんだ」

僕は安田の横顔を見ながら言った。

北宇智駅から神社までは三十分もかからない。狭い参道を西に上って行き、右側に駐車できるスペースを見つけて、そこに駐車してくれるよう安田に言った。

もっと先の社殿近くにでも駐車できるのを知っていたが、僕は手前から歩いて見てみたかったのである。

僕は、昨夜人形の屋形へ行った時の記憶を思い出しながら歩いた。

スケボーが走らなくなり追われるように逃げた道は、この付近のはずだった。

高天彦神社参道

古杉が左右に林立する参道を二人は上がっていった。正面に鳥居が見えてくる。そのまま真っ直ぐ進むと、まるで結界《けっかい》でも張っているかのように、鳥居前に水路があった。水は鳥居に向かって左から右に流れていた。農業用水のようだ。

あの時、この神社の境内を流れる水路には気付かなかったが、確かにこの神社の参道を歩いていたように思う。そして段々滝《だんだんたき》とでもいうような小川に行き当たった。僕は記憶を辿《たど》って歩く。あの時と同じ道だとすれば、この奥には小川が流れているはずだ。

農水路に沿って上手《かみて》に上がって行く。すると、すぐコロコロコロと水音が聞こえてきた。茂みを分け入って中に入って行くとその先に小さな滝が見えた。農業用の水はここから引いているのだと、はっきりと分かった。人形の屋形に行った時と同じ状況かどうかを確かめようと、下流を覗くとその先にも滝が見える。

茂みが深く更にその先までは見渡せなかった。そしてその滝にアワビのような貝が棲《す》んでいるかどうかも確認できない。

「あれは、夢ではなかったかも知れん」

僕が小声で呟《つぶや》くと、それを聞きつけた安田は言った。

「おい、藤原！　お前は何を言っているのだ。少し頭がおかしくなったのではないか？」

「そうだな。少しおかしくなっているかも知れん……」

僕は打ち明けるように言う。

「実はなあ、安田。俺は昨日狐に騙《だま》されそうになったんだ」

「ふーん。それは大変だったな。だが喰《く》い殺されなくてよかった」

安田は苦笑《にがわら》いしながら言った。

「俺一人で来たのでは、また騙されるかも知れないと思ってな。それでこうしてお前にも付いてきてもらったんだよ」

僕は安田に、そういう訳だからもう少し付き合ってくれと言って二人で神社境内まで戻って来た。

境内をゆっくり見回ったが、特に何も無かった。あの不思議な人形たちのいる屋形も、カラスたちが合唱していた岩の入り口も、何も無かった。境内は閑散《かんさん》として人影すらない。

安田と歩き廻りながら僕は、昨日のことはやはり夢か、それとも本当に狐にばかされたのだろうかと思いはじめていた。

あきらめてクルマを停めている所まで戻ろうと、鳥居の所まで来て、その前の水路に僕はふと目をやった。水の中を何かが動いた気がしたからだ。水路の水は南から北の方向に流れていた。流れに沿って見ていくと小さな取水溜《しゅすいたま》りがあって、そこにフナのような魚が泳いでいた。

「おい安田、あの魚見てくれッ」ヒロシが呼んだ。

「背びれが欠けているぞ。それに動きが変だな。おいッあれは生き物なのか？　機械ではないのか」

僕が指さす水路を見て安田が言った。

「ああ、あれは機械だと思うよ。前にも俺は見たような気がする」

改めて見ようとしたが半機械のような魚影はもう消えていた。

「ここはどうも変な所だな。狐に騙《だま》されると言うより、ここは怨霊《おんりょう》が跋扈《ばっこ》している空間ではないのか」

古代史が趣味の安田は言い、その知識を披露しはじめた。

――「『日本書紀』によるとだよ……」安田は古典の記述を話し、それをふまえて自分の考えを語ろうとする。

――イワレヒコが東征《とうせい》して大和入りした頃、まつろわぬ民とされる葛木の土民《どみん》に、土蜘蛛《つちぐも》と蔑《さげす》まれた一族がいた。古代大和の新しい大王となったイワレヒコは、彼らを下層民に貶《おとし》め隷属《れいぞく》させようとする。支配下に置かれることを拒んだ土民たちは抵抗し、結果的に大部分が誅殺《ちゅうさつ》されてしまう。『書記』によれば、「葛《かずら》の網で搦《から》め捕り殺した。それからこの地を葛城というようになった」というように記されている。また別の記述では「高尾張邑《たかおはりむら》に赤銅八十梟師《あかがねのやそのたける》あり」という記事もあって、ヤソノタケルとは土民の首領である。高尾張とは葛城の古い一地名ではあるが、一説ではヲハリは尾有りで、尻尾がある人の意味があって、これも蔑視《べっし》した命名らしい。――

「そこで、ここの高天彦《たかまひこ》神社の話になる……」と安田は続ける。「ここの祭神は高皇《たかみ》産霊《むすび》神となっているのだけれど、本来はタカマヒコ神だったと考えられるんだよ。タカマヒコというのは土蜘蛛《つちぐも》の首魁《しゅかい》で、天孫族に誅殺《ちゅうさつ》されたのが真相だと思うんだな。つまり天孫族は祟《たた》りを恐れて神社を建立し、その霊を慰めて怨霊《おんりょう》を封じたのだと俺は思う」

だがその恨みは深く、とても封じきれなくて、怨霊たちは今もこの辺りを跋扈《ばっこ》しているのだろうと安田は言うのだった。

「だから狐に騙《だま》されたと言うより、怨霊《おんりょう》のなせる仕業《しわざ》ではないのか」

「そうかもな。だからお前に付いて来てもらったのだよ」

二人は参道を下りて行き、駐車した場所に戻った。

左右からクルマに乗り込む。助手席で僕はクルマに置いていたリュックサックから小型の紙ノートを出した。いつも不意に思いついたことをメモっているのだ。

――通販新商品　魚の玩具　人形娘たちの作品――

僕は覚え書きとして、このようにメモしておいた。

二人を乗せたクルマは会社のある五條市に向かって走り出した。

土蜘蛛物語　了

未来夢物語

一、師との邂逅

八坂建《やさかたける》が経営する有限会社「やさか広告」の経営は、近年順調ではなかった。創業して二十年、主要得意先のレストランチェーン本部会社のお陰で、これまでは順調に推移してきたが、数年前から広告取扱高が漸減《ぜんげん》しはじめていた。それは、チェーン店の売り上げが低迷して、本部会社は店舗を統合縮小する方針を打ち出し、販売促進費を削減しはじめたからだった。相応して、やさか広告の売上高は大幅に減少していた。それでなくても個人経営の広告代理店は、早晩経営が成り立たなくなるだろうと考えていた矢先だった。何とか単発の小口の広告も取って凌《しの》いできたが、このままでは廃業は避けられないような情勢だった。それで、一般の宣伝広告だけに限定せず、間口を広げて「繁盛経営のお手伝い」と銘打って、販売促進につながることだったら何でもしようと個人経営の業者や商店にまで取引の範囲を広げていた。正に「何でも屋」である。

そのうち八坂は、通信販売業界の好業績に注目し、いっそ通販会社に転向しようかと、広告代理業を続けながら模索《もさく》した。

調べてみると大手の通販業者は、間口を広げられるだけ広げて、これでもかと言うほど商品を満載した大部のカタログ本を発行し、それを大量に頒布しているのだった。

一方、自社開発商品を単品で販売している業者もあった。小資本で通販を展開する場合は、一般の販売ルートでは売っていない商品に特化し、販売対象を絞った売り方が良さそうだった。現在通販業界で大手となっている業者も、初めは間借りの二階でパンティーやハンカチなどの女性の衣料品から出発して、徐々に商品を増やして有名になった大手もあった。やはり通販は女性向けの商品からスタートするのが無難のようである。

八坂も通販業界に参入するに当たって、まず初めは女性の下着から始めようかと思った。だが下着の知識がないし、それに、やはり女性の下着を扱うことには抵抗があった。

いろいろ考えた末、宗教関連グッズからにしようと決めた。宗教関連グッズといっても多様な物が考えられた。まず、西洋ものか、東洋ものかの区別がある。もともと宗教的なものに引かれていたので、この方面の商品を扱うことには抵抗はない。

日本の宗教の代表は仏教である。一方、西洋の代表宗教は言うまでもなくキリスト教だ。しかし日本では圧倒的に仏教の信者が多い。そこで考えついたのは、密教のシンボル、曼荼羅《まんだら》をモチーフにしたものだった。これをデザイン化して、ペンダントなどの装飾品に用いてみようと思ったのだ。

曼荼羅は、密教における宇宙観を顕《あらわ》している。それの基本形は「方形」と「円形」だと八坂は解釈した。一般的な曼荼羅には多数の「仏」が描かれている。また仏を表わす種字《しゅじ》を全面に描いた種字曼荼羅というのもある。種字というのはその仏を表わす梵字《ぼんじ》のことだ。

（そうだ、円形と方形を台座にして梵字をあしらった意匠《いしょう》にしよう）

八坂は基本コンセプトを決めると、資料を集め、デザイン事務所をしている井原佳与に依頼した。彼女とは付き合いが長く、もう二十年にもなる。

佳与に相談して、生まれ年にちなんだ仏の種字を基に、それぞれの梵字ペンダントを作ることにした。アイデアを練り、デザインを決定した。そして先ず版下を起こす。ある程度の販売数を見込んでいるので、一つ一つを一から仕上げていたのではおぼつかないし、コストもかかり、販売価格にも支障がある。八坂は金属加工をしている町工場に行き、版下原図をもとに、まず形削り盤で精密に真鍮《しんちゅう》の厚板を削りだして原型を作製してもらった。それから雌型を取って、それに銀を溶融して流し込む成型法を採る。最終仕上げは手仕事で行う。

さまざまに試行錯誤した末、納得のいく製品をつくり売り出した。商品撮影をし、DM用のリーフレットを作った。

次には占いが好きだと思える若い女性たちの名簿を作る。DMで物品販売を成功させるには、名簿が成否を分けるといってもよい。

名簿をもとに数千通のDMを発送したが皆目売れなかった。

それではと、西洋の占星術にヒントを得て十二星座のペンダントも作って商品を増やし、今度は新聞折り込みチラシで不特定多数に宛てて宣伝したがこれも反響がほとんどなかった。様々に手を変え宣伝広告をしたが皆目売れなかった。自分は広告屋として自信を持っていて、自分が乗り出せば通販ぐらいは充分できると思っていたのに、八坂が考えていた理論と実践は違った。

八坂は、商品が売れない原因を考えた。

売れないのは……商品に興味がない／魅力がない／値打ちがない／この三つが理由だろうと思った。ないないづくしでは売れるはずがないとも思う。かと言って販売価格を安く設定するわけにもいかない。

その内、ペンダントよりも材料に使う銀に興味が向いた。金・銀・プラチナ等、貴金属は毎日相場が動く。結果的に貴金属の売買に手を出し、かなり損をしてしまった。それだけではなかった。自分の宣伝広告の手腕を過信して、大量に販売できる見込みで、ペンダントなどの銀製品を、相当数在庫を抱えてしまっていた。このような時、あがけばあがく程、損の上積みになると自戒した。

そのうち、貴金属の売買については少しずつ分かって来た。それは、必ず現物を買うこと。頻繁に売買しないこと。じっくり値が上がるのを半年でも一年でも焦らずに待つこと。等々を経験と調査で覚えた。これで貴金属の売買で被った損は全部取り返した。また、ペンダントなどの貴金属製品の在庫分は、長姉の紹介で某占いチェーン店のカリスマ社長が全てを買い上げてくれた。八坂はこれで一息つくことが出来、広告業に専念しようと思った。

しかし、本業の広告代理店は、主要得意先のレストランチェーン会社の扱い高がさらに減少していた。それは、チェーン本部が配下の不採算店を次々と撤収していたからである。それでもチェーン会社の経営は立ち直らず、八坂が親しかった本部の会長が現役から退いた。そして経営権を娘に譲った。

その頃から八坂の経営するやさか広告への発注が目立って減り、売り上げが半減した。主要得意先からの注文が減ると、大部分の売り上げをそこに依存していた八坂の会社はたちまち経営が行き詰まってきた。

八坂の本業とする広告代理業は、以前から大手の寡占状態《かせんじょうたい》になっていて中小では経営は苦しくなってきていた。まして、八坂が経営しているような零細な広告屋は、これから先の希望がないように思えた。（一日も早く商売替えをしよう）と八坂はあがいていた。

扱い商品を広げ、健康食品の通販も手がけてみたが、業績は思うようには伸びなかった。

その頃会社は自分の配下に七人の従業員がいたが、たちまちこの社員たちを維持できないような状況になってきた。

八坂は通販業への転向も諦めざるを得ないと思い、従業員を集めて自分が退くことを発表した。広告代理店の方は、レストランチェーンの他にも得意先はあったので、営業部長の肩書きを付けていた男子社員に会社の跡を譲り自分が身を引いた。後継者は更に社員を半数くらいに減らせば何とかやっていけるはずだった。

身を引いた八坂は、以前より自分が本当にやりたいと思っていた仕事でやりなおそうと思った。

自分は、実は宗教者になりたかったのである。でもこのようなことは、自分の家族にも世間様にも話せない。心情を打ち明けて話せるのは長姉の和枝だけだった。

ある日、仕事を辞めたことを妹から聞いたと言って長姉の和枝から電話があった。八坂には姉が二人、妹が一人いた。

「知っている先生が大変な霊能者で、どんなことでも即座に分かるんやよ。この世での人生は前世の影響を受けてるんやて……」

長姉は、そのような話をして、こんどその先生に会う用事があるから一緒に行ってみようと八坂を誘った。

八坂は姉の話に興味を覚えて一緒に行ってみることにした。

出会ってみると、見覚えのある人だった。丹波の出雲大神宮へ参詣した折、何かと親切に教えてくれた社家の翁《おきな》だと思ったのだ。

改めて八坂が「八坂建です」と名乗り、その節はお世話になりありがとうございましたと言うと、相手は山辺光雲と名乗って怪訝な顔をしている。八坂はそっと顔を窺《うかが》った。

失礼ですが……、と八坂は聞いた。

「前にお会いしたことがあると思うのですが……」

「いや、今日がはじめてと思いますよ。会ったのは何処でしたか？」と光雲が聞き、丹波の出雲神社でお会いしたような記憶があると言うと、

「それで分かりました。それは私の兄です」と相手は言い、兄も私も丹波生まれで、兄は社家を継ぎ、自分は家を出て薬学を学んだのだが病気になり、ある時から神様の声が聞こえるようになった。それで皆さんが何かと相談に来るので、それが自分の役割と心得て様々な助言をするようになった。その時から山辺光雲と名乗っているというような説明をした。

同行した姉は「先生、これは私の弟です。よろしくお願いいたします」と言い、なぜ此処へ連れてきたのか簡単に話した。光雲は、八坂の顔を見つめなおすと、手元の紙片に目を移した。その紙片は、面談前に八坂が氏名と年齢だけを書いて出したものである。

視線が自分に戻るのを待って、八坂は山辺光雲に聞いてみた。

「モノ書きで食べていけないでしょうか？」

「あなたの前世は、先の二回とも神主だった。もともと霊能者なのでモノ書きくらいはできますよ」

光雲師はこともなげに答えた。

「でも本当のところは、私のようなことをしたいのでしょう」

それで人助けをしたいと思っているはずだと決めつけられた。その通りだった。ずばり見抜かれていた。

「あなたの先祖は、アメノウズメが生んだ七番目の娘、ナナノヒメの子スクナヒコです。その後あなたは何度も生まれ変わりました。今のあなたの妻が前世は男で、密教の行者の頭だった頃、今とは逆にその妻だった時もありました。今のあなたは男になって三代目です。その一代前は杵築《きづき》、今の出雲です。そこにいて神官でした。二代前は尾張津島《おわりつしま》で、この時も神官でした。その以前はたいてい女でした」

生まれ変われば、凡《およ》そこの世で百年、あの世で百年過ごしますが、すぐに生まれ変われない場合もあり、人によって違いがある。何年で何代とは言えない。あなたの場合は今生は八回目だと光雲師は言うのだった。

「あなたは江戸時代の尾州津島にいて神官だった頃、大部の書物を書き上げました。日本神学論とでもいうような内容の本です。他に絵も描いています」

さらに光雲師は話を続ける。

「その後生まれ変わって杵築にいる頃も神官をしていました。今の出雲大社です。そこではヘルンという外人さんの正殿参拝に付き添いました。また、名草神社への参拝にもヘルンさんに同行して案内に立ちました。今は八重垣神社と呼んでいる社のことです」

その時ヘルンさんは男盛りの四十代、あなたはその倍にもなろうかという老境にありましたが、杖をつき草鞋《わらじ》をはいて名草の地を案内しました。それでも慣れない草鞋を履いたヘルンさんよりは、しっかりとした足取りで歩いていましたよ、というのだった。

それはそうとして、と光雲師は話し続ける。

「あなたには役割があると神が言われます」

光雲師は、八坂の顔をじっと見つめて確かめるように言った。

私は、あなたが会いに来るのを待っていました。あなたの守護神アマテラスは、あなたの役割をもう決めている。そして大きな期待を寄せている。あなたは、ある女性と共に、大和心を取り戻す活動を始めるはずであると言うのだった。

「アマテラスさんからあなたに伝えることがあります」

光雲師はあらためてきりだした。今アマテラスさんがこの場に来られている。古代ヤマトで、あなたが前世に歌っていた歌を、今代わりに歌って伝えてほしいと言っておられるというのである。

何百とある歌の中から選ぶので、思いついたヤマトにゆかりの言葉をひとつ選べと言うのだった。

「ヤマトはやはりサクラですね」八坂はすかさず答えた。

光雲師は一呼吸すると、やおら琴の音のような声を出し始めた。

「タン・ツンツンツン・ツンツンツンツン・ツンツン……」
前奏の琴の音色のようだ。
「ヤヤヤオー、ヤヤヤオー、ヤヤヤ・オオオー」
脳天から発声しているような、よく通る翁の歌声だった。
♪大和は神の　大和は神の　大和は神の造りし国なれば　大和やよし　大和や春
大和や桜　大和は今春の盛り　ヤマタイの国……♪
光雲師は朗々と声量たっぷりに謡いはじめた。不思議な歌だった。長い歌なのに、
普通の歌のような同じ音節の繰り返しがない。
歌い終わると、
「この歌はあなたがエミシの酋長の息子だった時に歌ったものですよ」と言い、古代
ヤマトの成り立ちの話をした。
その話のあらましは――、
遠い昔、今の太平洋の中央にあった大陸ムーがある事件で海洋に沈んだ。その時選
ばれた数百人の人達がアマテラスをリーダーにして、巨大な丸木をくり抜いた舟で脱
出。舟は北に向かって何年も航海を続けた。アマテラスは舟の中で一番目の娘、アメ

ノウズメを産んだ。そして様々な困難を経てやっと温暖な美しい列島に上陸した。そこが現代に続く日本である。大和の国はアマテラスによって作られたのだというような話だった。

話し終わると、

「今日からあなたの守護神はアマテラスになります」と言った。

そして大判の短冊にその場で【天照皇大神】と墨書した。

少し離して見てから納得したように頷くと、次は朱肉を指先に付けて短冊の右肩に朱印を三つ縦に並べた。また下には同様に指先で五弁桜の文様をしるした。

「あんた、ええもんもろうたナ。アマテラスさんが期待してはるんや」

光雲師は、そのような言い方をした。そして話を続ける。

「大和の国造りはエミシの協力で進められた。エミシというのは先住民族でもあるのだけれど、アマテラスさんは彼等の協力で、広大な湖や湿地だった大和平野を干拓した。それは、暗渠排水でこの湖水を抜いて都にしたんだよ」

つまり、地下水路で後にいう大和川に排水したのだという。

帰り際、光雲師は八坂に、今の歌は古代大和で君がエミシの酋長の息子だった頃謡った歌なので、すぐ歌えるようになるはずだ。歌えたら録音して又ここへ持って来てくるようにと言ったのだった。

二、山辺光雲に師事

八坂は山辺光雲の弟子になりたいと思った。

次に光雲師に会う機会があれば弟子入りを志願してみようと思う。やはり自分は宗教者になりたい。この思いは長い間続いていた。このようなことは、誰にでも相談できるようなことではなかった。もし、話せるとしたら古くから付き合いのある井原佳与だけだった。

佳与は、八坂と同じ広告代理店に勤めていたが、しばらくして独立し、現在も仲間とデザイン工房をしている。当時から佳与との付き合いは続いていた。

佳与に話すと、満更興味は無いというふうではなかった。

「なんだか前に、出雲大神宮で出会ったお爺さんから聞いたような話になってきそうね」

「不思議なんだがね、相手はその弟さんだったんだよ」

八坂は、姉に紹介されて会った相手は、実は丹波の出雲大神宮で出逢った社家の弟だったのだと話した。そして、自分はその人の弟子になって宗教者を目指したいとも言った。

「押しかけ女房ではなしに、押しかけ弟子にでもなればどう？」佳与はそんなふうに言う。


八坂は、姉には話さず一人で高槻の駅近くにある事務所に、また光雲師を訪ねていった。この北側の山地を越えたところが、出雲大神宮のある亀岡だった。

その日は何人もの先客があった。ほとんどが女性だった。時々集まって光雲師の話を聞いているらしい。その日は一人の女性が歌の指導を受けていた。すらりとした三十代の美しい人だった。カラオケもマイクも何も無い。歌声は良く通る美しいソプラノだった。

古い大和の歌なのだという。その人は、やさしい日本語で静かに語るように謡った。

「八坂さん、あなたにも歌が出てましたね」

光雲師は、女性が謡い終わると私の方に振り向いて言った。

「あのアマテラスさんの歌、すぐに歌えたでしょう。録音できましたか？」

「はい。録音しました。今持って来ています」

八坂は、先生これですと差し出した。

「歌えましたか。今歌えますか」

師はテープを聴こうともせず、受け取ると机に上に置いた。

八坂は、はい、歌えますと一歩前に出て、体勢をとった。

前奏の大和琴のような声は省いた。

大和は神の　大和は神の
大和は神の造りし国なれば
大和やよし　大和や春　大和や桜
大和は今春の盛り　ヤマタイの国……

八坂は前部分だけを歌ってみせた。

「上手《うま》い！」光雲師は大声で言った。そこにいる人全員が拍手した。

「ほんま、うまいなあ！　これ歌える者はおらんわ」

光雲師は目を細めて拍手をしている。

「この歌は、この人が前世に吉野に住んでいて、エミシの酋長の息子だった時に歌ったものやけど、さすがに本物や。上手いもんや」

この人がヤマトの国造りに手を貸したんやと、光雲師は周りで聞いている人たちに説明をした。

「この人は、このはるか後の時代に出雲に居てネコの歌も歌った。こんな歌や」

今度は光雲師が歌いはじめた。

出雲にネコがいたそうな
にゃんにゃんにゃんのん　にゃんにゃんにゃんのん

神さまが可愛くてネコネコネコと呼ぶ
にゃんにゃんのん　にゃんにゃんにゃんのん
ネコは喜んで　神さまにー　よい踊りを見せよと踊る
にゃんにゃんのん　にゃんにゃんにゃんのん

神さま手たたいて　ほめてほーめて　おだてておだて
にゃんにゃんのん　にゃんにゃんのん
神さま一緒に踊り出す
にゃんにゃんにゃんにゃんにゃんにゃん
にゃんにゃんにゃんにゃんのん　にゃんにゃんのん

「ネコというのは、可愛い子という意味で、神さまが名付けたのだけれど、今これが童謡になっている。出雲の観光協会へ行って歌ってごらん、皆びっくりするよ」

少し歌った後で光雲師はそう言った。そしてまた、この歌は君が昔に謡った歌だ。今私が君の過去世から引っ張り出したものである。今謡ったのは振り出しの部分だけで、実はまだまだ続く長い歌だ。元々君の歌なので続きは歌えるはずとも言った。

そのあと、この高槻で光雲師に集会所を提供している社長が、「先生と一緒に食事に行こう」と皆を誘ってくれ、昼食を共にした。この会に集まる人達は山辺光雲を先生と呼んでいる。

何度かその高槻での集まりに行った。自分が経営する家具販売会社の事務所を、光雲師が主催する集会に提供しているこの社長は、この会の世話役であり、山辺光雲のファンで「ひかりの会」の番頭格でもあった。

ある日の集まりの後、八坂は先生と番頭だけになったとき、いきなり切り出した。

「先生、私を弟子にしてもらえませんか？」

八坂はじっと光雲師を見つめて返事を待った。

「そうなれば給料は出せませんが、それでやっていけますか？」

先生に代わって番頭が答えた。

「はい。一年ぐらいだったらやっていけます」

「少し短いなあ」先生に代わり、また番頭が答えた。

先生は黙ったままだった。

八坂はじっと先生の表情を見つめていたが、表情は動かなかった。八坂は弟子としての入門を拒絶されたと判断した。

(よし、一から自分一人で勉強をやり直そう) 八坂は決心した。

その後も機会を見つけては、よく光雲師の元に顔を出した。

事情で集会場所が変わってからも、その変更先までよく行った。食事に一緒したり、スナックなどにも飲みに行った。

師は興に乗ると、よく不思議な歌を謡った。何処からともなく音楽が聞こえ、自然と口を開き、声帯から声が出るのだという。

自分は勝手に山辺光雲を師と崇め師事した。

そのうち師は、霊能が開発されるという古代ヤマトの歌を手ずから指導してくれた。

それから数年が過ぎた。

「君はすでにその力を得た。できるだけ早く活動を始めなさい」

ある日師はそのように言った。

「すべてを任せます。まず奈良県内に集会所をつくりなさい」

師は、一日も早く活動を始めるように言った。

――ヤマトの歴史が狂っている。また、この国の医学、経済学、哲学など、あらゆる西欧由来の学問の多くが間違っているのでこれを根本から改めてください。真理を追究するのが学問であったのに、現代の学問は違っている。学閥ができ、権威や金に左右されて、ウソが本当としてまかり通る世の中になってしまった。君はまず日本の歴史から改める作業を始めてほしい。それがあなたの今生に課せられた使命だというようなことだった。

光雲師は、「あなたにこのことを伝えるのが私の役目なのだよ」とも言った。


翌年、師は「ひかりの神」の召命により天に召された。

八坂は先ず五十日と百日の霊祭を済ませた。

「君にはその力が既にある。奈良県内なら何処でも良い。君がここだと思うところに、まず集会所をつくりなさい。その時になれば協力者が現れ、また必要なお金も自然と集まるよ」

師は生前そのように言っていたが八坂はまったく自信がなかった。まだ霊感も霊能力もあるとは思っていなかったからである。

それに、先立つ資金がまったく無かった。それで八坂はまず修行を始めようと思った。修行と言っても巌窟に籠もり座禅をしたのではなかった。断食をしたり寒中に滝に打たれるなどの荒行をしたのでもなかった。ただ山中に入り真理を見つめようとしたのだった。

主な修行場は吉野三山だった。西吉野にあるこの三体の山は、山頂にそれぞれ由緒ある神社が鎮座している。高野山にも入った。また丹波の高熊山や伊勢の倉田山でも修行した。昼は山林に入り、夜は主として神道を書物から学んだのである。命題として物事の真理を追究しようとしたのだ。

「真理」とは何か？

真理とは、実在するものの肯定であり、実在しないものの否定である。つまり言葉での表現と実在の一致と言えると思った。

では「実在」とは何か？

実在とは、形而上学的な恒常不変の実体・本体だと突き詰めて考えていった。併せて東西の哲学書を片っ端から読んでいく。すでに読んでいたものもあったが、内容はほとんど覚えていなかった。それでもう一度読み直した。ところが読んだ後からすぐに忘れるのだった。自分は改めて記憶力が悪いことを知らしめられた。何とか記憶力を向上させられないか。

八坂は、記憶力を増大させる秘術に「求聞持法《ぐもんじほう》」というのがあったということを、おぼろげながら思いだした。調べてみると弘法大師空海もこの秘法を我がものして記憶力を増強したのだと言う。その秘法、正式には「虚空蔵菩薩求聞持法」といい、虚空蔵菩薩の真言、ナウボウ・アキャシャ・ギャラバヤ・オンアリキャ・マリボリ・ソワカと一日一万回、百日間休みなく唱え続けると成就でき、それが適うと記憶力が抜群に向上するのだという。

八坂は無謀にも求聞持法に挑戦した。

始めてみると、すぐに咽が涸れ、声が出なくなる。足腰が痛い、足が痙攣《けいれん》を起こす等々ですぐに挫折した。昔より、駆け出しの優婆塞から名だたる名僧まで、実に多くの修行者がこの求聞持法に挑戦したが、ことごとくが挫折した。成満した者はほとんどいない。無理をして続けても終いには発狂するのだという。そのような荒行なので、元々素人の八坂が続けられるわけはなかったのである。

仕方がないので座禅をして瞑想した。板敷きのある場所に座布団を二つ折りして、その上に腰を下ろし、半跏趺坐または結跏趺坐で座って瞑想を続ける。時々半跏/結跏と足を組み替えて痺れを防いで続けるのだ。しかし、実のところは、この瞑想もすぐに続けられなくなった。というのは、足が痺れてくると瞑想どころではなくなる。先に言った「真理を見つめる」というような思索などできたものではなかった。

八坂は形に拘らないことにした。胡座《あぐら》をかいて座って良し、片膝を立てていても良し、寝ころんでいても良し、もちろん正座してでも良し、八坂は自分が最も安楽にできる姿勢を取って思索した。

様々なこの世の現象を考えると、最も根源の問題は「ある」と「ない」だろうと思った。言葉を代えて言うと、「存在するのか、しないのか」ということである。これを突き詰めて考えると、最も確かで疑いなく存在しているのは「ことば」だけではないだろうかと考えるに至った。

また八坂は真理を求めて様々な新興宗教の門をくぐった。天輪教、弁天会、成功の家、立証公正会、阿難宗、海王会、ダビデの証人、大倭教、高野山宗等々だった。

八坂の家は古くは真言宗だったが、江戸時代の終わり頃から浄土真宗本願寺派に宗派替えした。村の菩提寺が所属宗派を変えたからだった。以来八坂の家は代々門徒で、熱心な信者だった両親のもと、正信偈《しょうしんげ》の唱和を子守歌代わりにして育ったのだった。八坂は読経《どきょう》の声を聞くのが何となく好きだった。

八坂は、新興宗教各宗派が開く勉強会に参加したり、にわか信者になったりして、教えを乞うため多くの門をくぐったが、何処も八坂にはしっくり来ない。同門の信者に聞いても、八坂が必要とする答えは得られなかった。指導者クラスの人物に替わっても八坂が満足できる応答はできない宗派もあった。

そのうち八坂が一番興味を持ったのは大倭《おほやまと》だった。八坂は大倭教の修行会に二度参加した。三泊四日だったと思う。大倭教主、山口鬼三郎が修行したという高熊山にも登拝した。鬼三郎が初めて啓示を受けたという小幡神社にも参拝した。そしてこの神社の宮司が高名な歴史学者だとも知った。いわゆる大倭教は、園部の貧農の主婦山口なほの神懸かりからはじまる。後に鬼三郎が、なおから懇請されて神業に参画してから教線が拡大したのだそうである。大倭には本部と呼ばれるところが豊岡と園部の二カ所にある。豊岡がその教導本部で、園部が祭式本部とも言える機能を持つ。八坂は、修行会に参加する前にもその両方に行ったことがあった。園部は教祖山口なほの生家があった土地である。

戦前に「皇道大倭」と称したこの教団は国家権力によって、二度にわたり大弾圧を受けた。罪名は主として「不敬罪」だった。山口なほ、鬼三郎はじめ幹部はほとんど捕らわれ、拷問を受け懲役刑とされた。

戦後は無実として全員が解放された。教団は壊滅的な打撃を受けたが、鬼三郎は国家に対して賠償を請求しなかった。その後徐々に教団は復興し、現代は「おほやまと」と名を改めて往時ほどではないが存続して活動を続けていた。

修行期間中に八坂は、園部の弥勒殿に入った。殿上正面に教祖山口なほ、教主鬼三郎の肖像写真が掛《か》かっていた。八坂はその真下に正座してなほの顔を見上げた。最初に見上げた時の顔と異なり、教祖の顔がにこやかに笑って見えたのだった。八坂は教祖がにわかに親しく思えた。

修行会を終えると八坂は改めて大倭教についてもう一度調べてみようと思った。八坂がまだ二十代の頃『邪宗門』という高橋和巳の書いた小説が世間から興味を持たれたことがあった。これは大倭をモデルにした小説だと言われ、八坂も買って読んでみたことがあったので大倭についてはある程度の知識はあった。

教団内の売店に教団に関係する書籍が多く積まれていたので買い込んで帰った。それらの本を読んでみると、大倭という教団は大変興味深いと思った。山口なほ・鬼三郎共に大変魅力があった。

八坂は、吉野三山を中心に高野山や伊勢の倉田山、丹波の高熊山でも修行した。

山辺光雲は、まず、間違っている日本の歴史を正すように言っていた。正史といわれる『古事記』『日本書紀』などいわゆる六国史も正しい日本の歴史を記していないところが多くあるという。

八坂は、前に光雲師から聞いていた話を基に物語風に日本史を綴ってみようと思った。「もう一つのヤマト物語」と題して日本史を綴りはじめた。（まずは世間様に認知されなければならない）と考えた八坂は第一部の現代編を書き終わると大手の出版社の新人賞に応募した。続いて第二部飛鳥編、第三部ヤマト編と日本史を遡《さかのぼ》って記述する計画を立てた。

予想されたことだったが、「新人賞」は一次選考すら通過しなかった。八坂は懲《こ》りずに翌年の新人賞に向けて次の第二部を書き始める。書き上げると前作と同様に応募したが、二作目の作品もまったく音沙汰がなかった。

八坂は考えた。このままではダメだ。多くの人達に読んでもらうには、「そうだネットしかない」と思った。八坂は早速ホームページを立ち上げてネット上で物語を発表した。題して『もう一つのヤマト物語』とした。丹生族の末裔の男女をモデルにして、その転生の物語で日本の歴史を辿ってみようと考えた作品だった。

しかし、これも大した反響はなかった。

やはり実際の活動をしなければダメだ、そう思った八坂は具体的に活動をはじめようとした。

三、ひかりの会

八坂は初めから会の名を決めていた。「ひかりの会」というのが八坂がつくる予定の団体の名だった。師、山辺光雲が主催していた会名を継承しようとしたのである。

会の目的を次のように決めた。

一、二十一世紀の中頃迄に奈良遷都を実現させる
一、奈良に「ひかりの国・ヤマト」をつくる
一、古き良き日本を取り戻して世界平和の礎《いしずえ》とする

八坂はひかりの会二代目会長を名乗った。

初代は勿論、師の山辺光雲である。

光雲師はいつも言っていた。（日本の都は本来的にヤマトでなければならない）大和国とは今の奈良県だが、ヤマトは日本列島全体の意味でもある。古代には秋津島とも言った。このヤマトの国と同様に「ひかりの会」は、奈良県に本部を置くべきだと思う。つまり、ひかりの会は奈良県内の、何れかの地から発足させたかった。

八坂はその候補地を前から奈良県の五條市内にしようと決めていた。それは何故か。それは、五條という地は古《いにしえ》よりとても由緒がある土地柄だったからである。五條市は、ほぼ昔の大和国宇智郡と地域が重なる。この宇智郡の中心地は須恵《すえ》という所である。この地名は陶器の須恵器に因む。つまり陶器製造の技術を持って渡来した陶工たちが集住した地域なのである。現在でも五條市須恵町という地名が残る。この須恵町には「統神社《すべ》」というのがあり、この統《すべ》は須恵《すえ》につながる地名だと謂われている。

この統神社のある辺りが古代宇智郡の中心地域だったようだ。すぐ近くには式内社の宇智神社もある。平安時代に成立した『日本霊異記』に、宇智郡《うちのこおり》に「内市《うちのいち》」という市が立っていたことが載せられているが、この内は宇智のことであることは言うまでもない。

そのような由緒があり、また藤原南家の本貫の地でもあったようだ。藤原武智麿が建てた栄山寺もすぐ近くだ。それに奈良時代後期の政争でその犠牲となった聖武天皇の第一皇女、井上内親王とその子他戸親王が無実の罪で幽閉されていたのもこの須恵の地だった。

今も幽閉されていたという没官宅址に小祠が立つ。

そしてこの地は、空海ゆかりの高野山からまともに鬼門方向に位置する。ちなみに弘法大師空海と井上皇女（後の四十九代光仁天皇皇后）には共通の繋がりが有る。それは太陽で、空海は仏教の太陽神、大日如来に仕え、井上皇女は伊勢神宮の斎王として、日の神、天照大神に仕えていたからである。

井上内親王・他戸親子は、天皇を呪ったという無実の罪で暗殺されたようである。人々は（トガナクテシス）と言い、その恨みは深く、桓武天皇周辺に怨霊として祟《たた》っていると噂した。天皇は皇后の名を追贈して墓地を山陵《みささぎ》と改名。また龍安寺、御霊神社を新たに創建して霊を慰撫《いぶ》した。ちなみに、空海が作った歌だとも謂われる「いろは歌」にはトガナクテシスという言葉が隠されている。

空海は、国が平安でなければその国民は平和に暮らせない、国王が安泰でなければ、その国民の安寧な生活は続かないとの考えから高野山の裏鬼門方角から井上親子の恨みを慰撫したのではないかと思う。空海は自身の出世ではなく、日本の国とその国民が平和に暮らせることだけを一心に願って、高野山から井上内親王親子の恨みを慰撫し、ひいては桓武系天皇四代の安寧を、その国家と国民のために願ったのだと八坂は考えていた。

そのような歴史のある五條市から、ひかりの会を発足させたかった。地形を考えると、吉野川が南にあって西流し、北側に控えた金剛山を背に、国道二十四号線が東西に走る。正に四神相応の地とも言える、この須恵町辺りが良いと思う。でも商店や住宅が密集したこの地は、先のことを考えるとあまりにも狭小で後に困ることができそうだった。

その辺りを見回してみると、須恵町よりもっと北の、五條市の北端、大野新田町の北側にある新興住宅地が良いと思った。そこは金剛山の南側で、南方を見渡すと真正面に吉野三山の銀峯山と金峯山がはっきりと見渡せた。最寄駅は近鉄吉野線福神駅で、この駅には特急も停車する。

(よし、この地に集会所を設けよう)八坂は心で決めた。

では、具体的にはどのような活動をすれば良いか。

山辺光雲が主宰していた「ひかりの会」は、ホームページを作っていなかった。著作を数冊出版していたのと、あとは口コミだけだった。

八坂はインターネットに力点を置いて広報活動をしようと思った。早速ホームページを立ち上げて会員を集めようとした。

今、日本は大きな曲がり角に来ていると八坂は思っている。このままでは日本が滅びる。日本を取り巻く状況を考えると、ある意味第二次大戦前の状況とよく似ているのではないかとも思えた。八坂は先の大戦の終戦の年に生まれたので実際その時代の状況はよく知らない。戦前・戦中・戦後の詳しい状況は、後に見た新聞や戦後に出版された書物でしか知らない。

八坂が後に知った歴史では、連合軍、特に米軍の圧倒的な軍事力により、雌雄を決する大海戦に日本軍はことごとく敗れ、昭和二十年を迎える頃すでに、日本は敗戦が決定的なほど打撃を受けていた。それで航空防衛能力を無くしていた東京・横浜をはじめ日本の大都市にアメリカは大型爆撃機を遠征させ、焼夷弾を雨あられと投下して日本を火の海地獄とした。炎で退路を断たれ逃げ惑う民衆に戦闘機から機銃掃射を執拗にあびせた。更には無情にも原子爆弾を広島に続いて長崎と、二発も投下し何十万もの命を一瞬にして奪った。日本は先の大戦で完膚無きまでに打ちのめされたのだった。

アメリカは、あまりにも惨《むご》い原爆の戦果に多少の自責の念があったのであろう。戦後しばらくは日本に対して寛容なところが多くあったように思われる。

アメリカを主体とする連合国の「日本統治政策」が効を奏してか、敗戦後の日本人は、アメリカ合衆国のことを「アメリカさん」と言い、連合国司令長官マッカーサーを「マッカーさん」と、さん付けで呼び慕ったようなところがあった。

戦後日本の教育は、「この戦争は日本が悪かった。その悪い日本にアメリカさんが罰を加えたのだ」というように生徒達に教えた教員が多くいた。八坂も小学生の頃、そのような教え方をされた記憶がある。中学生の頃の教育でも「日本は参戦を宣言せずに真珠湾を奇襲した卑怯な国だった」と先生から聞いた。

連合国、特にアメリカの指令のもとに「日本教職員組合」が組織され日本人の思想を根底から変える為に育てられたのだ。日教組に属する彼ら教職者らは、それまでの日本式教育を悉《ことごと》く否定する教育方針に則り、洗脳教育が始められていたのだった。

正義の国、世界の警察を標榜《ひょうぼう》するアメリカは、キリスト教を信ずる神の国で、世界中の悪を正すというように子供達に教える教育者が少なくなかった。戦後の食糧難の時、粉ミルクを無償で配給したり、農地改革で小作農をなくしたり確かに戦後の一時期、善政を日本に施したようなところが見受けられた。

大人達でさえ、自分の子供や伴侶を殺されていながら、その事は言わず、アメリカさんを有り難いと感じた者も多くいたと思われる。

「あの戦争、もし日本が勝っていたら、相手国をこのように寛大な治め方はできなかっただろう」とか、

「日本は、この戦争にむしろ負けて良かった」

「すべて軍部が悪かったから、この戦争を始めたのだ。これで正しく生まれ変われる」

等々の意見が国民の中に多く芽生えていたようだった。

しかし、現実はそうではなかった。

日本人の多くは、アメリカの深謀遠慮に騙されたのだった。

アメリカは、すぐ「ジャスティス／JUSTICE」という言葉を使うが、現実のアメ

リカに正義があるとは思えなかった。

その事は、戦後日本がめざましく経済発展をして、世界に冠たる経済大国になった頃に分かった。その頃からアメリカは正体を現し始めたのである。

一九八〇年代以降、一流の製造技術力を誇る日本の大企業に対して様々な難癖を付け、罰金や制裁金を取っている。一方で同じ陣営の独占的世界企業はそのまま放置したりしているようだ。

特に、今のアメリカに正義があるようには思えない。

一方で、「グローバル・スタンダード」「ワン・ワールド」等々、アメリカに都合の良い基準を押しつける。

アメリカは正義を行うどころか戦争屋で、世界中で不正義を行っているのではないか。

一方、その不正義に手を貸している売国奴的日本人がいる。一部の政治家、学者、ジャーナリストである。それに、あろう事か仏教系の新興宗教家にも売国奴がいるようだ。

「大和ごころを取り戻さなければ、このままでは日本は滅びる」と八坂は思う。アメリカは、と言うより、アメリカの背後にあって世界支配を目論《もくろ》む勢力は、気をつけなければまたぞろ日本を戦争に巻き込もうとしている。今までもそうだった。古くは幕末の黒船来港以降のことである。西欧列強、特に米・英は、呼応するかのようにそれぞれ幕府側と官軍側に近づいて日本を二分するような内乱を勃発させた。それで強大だった幕府を倒し明治維新を演出した。

『シオンの議定書』には次のような文言がある。

「人民を無秩序な群集に一変させるには、かれらに一定期間自治を与えるだけで十分である。与えた瞬間から、共食い闘争が勃発し、階級間戦争に発展し、その真っただ中で国家は焔に包まれて炎上し、かれらの権威は一山の灰燼《かいじん》に帰するであろう」

ここで言う［共食い闘争］というのが内乱のことで、これを計画的に仕組んで、狙った国家を支配していくのである。

その後も日清戦争、日露戦争を巧妙に勃発させて世界支配を拡大させていった。これは正に「各国が結束して我々に対して蜂起するならば、我々は米国、支那また日本の大砲を向けて応酬するであろう」とする『シオン賢者の議定書』を地で行ったものである。この考え方がロシア帝国を倒し、清王朝を滅ぼしたのだった。フランス革命も同様のシナリオに基づいているのはいうまでもないだろう。

「日本は今、亡国への道を突っ走っている」

八坂にはこのように思えてならなかった。

ホームページ上で、ひかりの会の集まりで、事あるごとに次のように話し警告していた。

「近年、日本には様々な災害が降り掛かってきています。一周干支六十年は昔から一つの区切りですが、第二次大戦後に日本の神々や英霊達によって、改めて列島に築き廻らされていた結界が、戦後六十年を過ぎた今、ここに来てまた綻《ほころ》びはじめているような気がするのです。それで日本には、様々な災害や苦難が次々と襲いかかるような気がしてなりません。このように日本を取り囲んでいた霊的バリアーが崩れはじめたのは、如何なる事に起因しているのでしょうか？　それは、『大和ごころ』を忘れた日本人があまりにも多くなってきたことが原因ではないでしょうか？」

また、次のようにも言った。

「和を尊ぶ日本人、人を思いやる日本人、礼儀正しい日本人、勤勉な日本人は、いったい何処へ行ってしまったのでしょう。大和ごころを持つ日本人が少なくなってきたことは日本が弱くなってきたことと決して無縁ではないと思います。揺るぎはじめた日本を立て直すには、まず日本人としての矜持《きょうじ》を正すことからはじめなければならないと思うものです」

敗戦の後、講和条約を締結して独立国になったはずの日本だが、そのまま米軍が駐留していて、その実態は昔も今も米国の属国の域を出ていない。世界を支配しようとする勢力は、アメリカという国を通して、すでに日本を支配しているようである。有事には日本を護るはずの自衛隊も、実のところは米軍の指揮下にあると思われ、災害救援は別として、軍事的には日本政府の指示系統では動かず、命令は米軍から出されることであろう。

日本経済は一九八五年九月のプラザ合意によって莫大な為替差損を余儀なくされ、そしてそれからの極端な円高誘導で貿易市場は閉塞《へいそく》し、青息吐息の状態に追い込まれたのである。

貿易立国の日本は、それでは立ち行かず、日本の製造業はこぞって海外、特にアジアにその製造拠点を移したのだった。それが、近年は円安傾向にシフトされつつあり、製造業の一部では又国内に製造拠点を戻そうとしている。

金融界においても、今や民族資本の大銀行は殆ど外資系金融資本の支配下に置かれたとみられ、このことから歴史のある大企業ですら独自経営の危機に脅かされている。日本政府に高額紙幣の発行権は事実上は無く、政府は少額の貨幣のみの発行に留められている。日本の高額紙幣は、日本銀行が一手に握っているのである。この国の名を冠した日本銀行だが、実態は株式会社で、株式はその大半を日本政府が持っていることにはなっているものの、外国勢力の支配下にあると見える。

経済界のみではない。世論を導く重要な報道・マスコミ、学問・教育ほか、主要な産業の殆どと言っていいほどが彼等の勢力下にくみこまれているのである。

どうしてこのようなことになっているのだろう。

それは敗戦以降、外国に利益供与しようとする国内勢力が存在するからであろうか。しかし、よくよく考えてみると、日本にとっての負の仕組みはもっと遡《さかのぼ》って見られるのである。その萌芽は黒船来航から始まったと言えるのではないか。

薩摩・長州連合と徳川幕府間の内戦を仕組まれ、古き良き伝統の国日本は破壊された。そして戦費を貸し付けられて富国強兵のスローガンのもとに海外派兵。

国威発揚《こくいはつよう》になったと日本中が歓喜した日清・日露の戦勝も実のところは代理戦争を

させられていたようで、すべてはあの『シオンの議定書』に書かれていた通りだった。その後はご存知日米開戦を経て、悲惨な被爆後の敗戦を迎えたのだった。戦後見事な復興を遂げたと見えた日本経済だったが、それはつかの間のことであった。そして現在、日本経済は目も当てられない状況になっている。このままでは本当に「日本沈没」となるだろう。今手をこまねいていては将来に悔恨《かいこん》することになるであろう。今こそ、神道界・仏教界がこぞって立ち上がるべき時ではないだろうか。宗教界が率先して実行力のある強力な政治家集団を創り育て始めてほしい。八坂建は心からそう思うのだった。

四、和光神社

八坂建は、ひかりの会本部を五條市北部の、金剛山南麓にしようと決めた。自分は西吉野生まれなので、子供の頃からその辺りのことはよく知っていて馴染みもあった。八坂が生まれた村から最も近い町が五條だったので、バスや自転車でよく行き来していたからだ。

でもそれは六十年も前のことであった。その頃から比べると五條市内の町や村は過疎化が進み、賑やかだった商店街はシャッターが下りて人出は無く、乗り合いバスも路線が廃止されたり便数削減されていた。大勢の人々がたえず往来し、バスやタクシーでいっぱいだった駅前は、今はひっそりとしている。道路網が整備されて自家用車が増えた。五条駅の北側には広大な住宅地が造成され、ショッピングセンターが出来たため、生活様式も様変わりした。このショッピングセンターの近くに八坂が「ひかりの会本部事務所」にしようと思った物件があった。

日曜日、八坂は編集デザイナーの井原佳与をその予定地に連れていった。彼女とは付き合いが古く大抵のことは相談している。今回のことも佳与はどう思うか聞いてみたかった。いずれは手伝ってもらおうと思っていたからだ。

訪れたのは広告前の一戸建ての賃貸物件である。建物は完成済みだったが前庭の部分は未だ工事中だった。五條に行った時はいつも行く喫茶店ママの紹介である。その斡旋業者に来てもらい建物の中に二人は入れてもらう。一階にリビング・ダイニングがあって奥は和室になっていた。二階には三部屋がある。

ひかりの会は、まだ会員が少なくて経費がまかなえないので事務所を持っていなかった。

「佳与さん、どうだろう、ここへ引っ越して来れないかな？　前にも少し話したと思うんだけれど、ひかりの会の事務局の仕事を手伝ってほしいんだよ」

一階・二階と一通り見て回ったあと八坂は佳与の顔を窺い見て聞いた。

「私の編集の仕事はどうなるのよ」

「在宅で出来ないかな」

「私の方は三人でやっているのよ。いつも相談しながら仕事しているので、ちょっと勝手がちがってくるわね」

「ネット通信の活用で何とかできないか？」

「ひかりの会の事務仕事って片手間で出来る仕事量なの？」

「多分。今のところは会員も少ないので大して手間はかからない」

「具体的にはどのような仕事があるの？」

「月一回の勉強会の案内状の作成と発送だね。それに会員や入会希望者からの問い合わせに対する返事がある。これはメールと手紙やハガキだな。それと一番大事なのは、悩み事や病気の相談だな」

「私は事務的な仕事しか手伝いはできないわ」

「それで結構。僕も毎日出勤するので事務的な事だけ引き受けてもらえればそれでいいよ」

始めはそれで良い、それで行こうと八坂は思った。始めから負担をかけすぎると退かれてしまう。

将来的に、佳与には会の基本的な運営を任せ、会長の自分と会員との仲立ちをしてもらおうと思っていた。佳与にはそういう能力があると八坂はみている。それだけではない。会員からの様々な相談事に対応できるだけの霊的能力があると思う。

「でもねえ、ここを事務所にするとなると、あんたが言うように私が引っ越ししてくるしかないわねえ。それには、少し改造して私が二階に住み込めるようにしないといけないわねえ」

「そうしてもらえると、とても助かるよ」

「でも、ここの家賃や経費はどうするのよ。全部あんたが払えるの」

「それは相談なんだがね……」

二人は話しながら二階に上がって行った。二階にもトイレがあり和室と洋間が二つあった。

「ここから吉野三山が見えるんだよ」

八坂は南側和室の雨戸を開けて佳与に言った。

「正面が白銀岳で、左側が黄金岳だ」

八坂は指で前方を指し示して言った。

「どうだい、最高の眺めだろう。右側の奥にはこれも吉野三山の一、銅岳があるんだが、それはよく見えない」

ここを「ひかりの会」の本部事務所として発足させたいと考えていると八坂は佳与に言い、具体的な相談をしたいと夕食に誘った。

改めて近日中に連絡しますと業者に言い、二人は五條の物件を後にした。五條市内から吉野川沿いを下市町方面に向かう。

一昨日八坂は吉野寿司の名店「つるべ寿司佐助」を予約していた。解禁になったばかりの鮎を、佳与に食べさせたかったからだ。佳与は鮎には目がない。特に塩焼きが大好物だった。

この店は、歌舞伎『義経千本桜』の舞台にもなった店とも謂《い》われる老舗で、吉野川に架かる千石橋を南岸に渡って左手奥にある。店構えはベンガラ塗りの赤壁で、一見遊郭風《ゆうかくふう》の古風な木造建築である。玄関は料亭の趣があって、繁盛したであろう昔が偲《しの》ばれた。店主らしき年配の男性に案内されて通った廊下や階段は見事なまでに清掃がなされている。五時過ぎの予約だったので、店内でも明るかった。

二階の広々とした座敷に案内された。吉野の鮎が解禁されたばかりのためか、この時間の来客は自分たちだけのようだった。

座敷の表通り側に長い廊下があって、窓から町内が見えた。反対側の山手の窓は開かれていて、青葉の茂る斜面から心地よい風が時折座敷に流れてくる。二人は立ち上がると窓際に行った。

窓から手入れの行き届いた中庭が見下ろせた。

すぐに若者が、お盆に瓶ビールとグラスをのせて座敷に入って来た。先ほど案内してもらった時、まずビールをくださいと注文してあったからだ。若者は年配の男性に似た感じだった。ビールと一緒に小皿が添えられ、見るからに新鮮な枝豆が入れられていた。

「先ほどの方は、ここのご主人ですか？」

八坂は若者にたずねた。

「はい、私の親父です」

「よく似ておられて、そうじゃないかと思いましたよ」

八坂は思った通りに言った。

「よくお客さんからそのように言われます」

若者は笑顔で話し、次に出す料理の説明をする。

「鮎が解禁になったばかりでしてね。まだ手伝いが揃ってないのです。それで今日は親父が作る料理を私が出して来ます」

ここの二代目らしき若者はにこやかな表情で言った。

「次の料理の時、冷酒をお願いします」

八坂は冷酒の銘柄を聞くと、五條の地酒だったのでそれを注文した。二人はまず、ビールで乾杯する。

枝豆をつまみながら飲んでいると、前菜の小鉢と鮎の刺身が出された。

出されてくる料理は鮎づくしの懐石風で、一目で天然物と分かる。

料理は見た目も味も申し分のないものだった。

「ところで佳与さん。あのひかりの会の物件はどう思う?」

「悪くないと思うわよ」

「では賛成してくれるんだね」

八坂は佳与が反対するのではないと知って安心した。

「事務所のことより、会の運営はどうなのよ。うまく行っているの?」佳与は経費のことが気になっているらしかった。

「順調とは言えないね」八坂は現状を説明しはじめた。

まず、金儲けが目的ではないこと。始めが肝心なので会員は慎重に選びたいこと。それで今は積極的に会員集めはしていないこと。入会希望者や様々な相談事への対応は、メールや手紙で自分自身が対応していること。特別な面談は大阪市内まで出向いて、ホテルや借り応接室ですませていることなど、料理を食べ冷酒を飲みながら佳与に話した。

「そのような訳で、会の運営は経済的に苦しい」

と八坂は言い、様々な考えから、実は本部事務所は佳与さんの名義で借りてほしい、あなたへの支払いは家賃として毎月支払いたいと、思っている事をそのまま話した。

「考えさせてもらうわ」と佳与は言った。

まだまだ八坂は話したかったので、場所を変えようと思った。飲んだ以上もう車の運転は出来ない。宿を予約しようと相談すると、店の親父さんが「万石荘」を紹介してくれた。この辺りでは一番の料理旅館だという。そこから宿泊予約を入れ、勘定を済ませると、車は明日朝に引き取りに来ますので、とお願いして店を出た。

歩いて十分もかからないと思いますよと聞いたので、千石橋に向かう。橋の南詰めを右折してすぐの左側と、聞いた通りだった。

旅館は吉野川南岸沿いに建つ懸崖作り風の館だった。

道路のある表側から見ると平屋建てである。和風のこざっぱりした玄関前は、きっちりと水打ちがされてある。もう夕暮れになっていて、玄関周りの照明には料理屋らしい風情があった。

入ると、しゃれた感じの中年の仲居が部屋の案内に立った。

北側の窓辺から真下に吉野川が見下ろせる部屋に通された。

「よう、お越し」

仲居は丁寧に手をついて挨拶すると、何かお飲みになりますか、それとも先にお風呂にされますか？　と聞いてきた。

料理旅館なので料理を注文するのは常識だったが、今日は前もっての予約ではなかった。

「何ができますか？」八坂はできるものを聞き、鮎の刺身、鮎の塩焼きをそれぞれ二人前とビールを注文した。

「すみません。先にさっと汗を流して来てもいいですか」

「もちろん結構です。どうぞ」

仲居は笑顔で答え、お泊まりは階下に部屋をお取りしてますので、そこから浴衣をおもちくださいと地階の部屋に案内した。

仲居は浴衣を二人に渡して言った。

「お風呂が済みましたら、お料理は先ほどの一階でお願いします。お寝床はお食事中に、この部屋に敷いておきます」

二人は浴衣とバスタオル、手ぬぐいを持って浴室へ向かった。浴室は男女別だった。

浴衣姿で一階の座敷に戻ると、先ほどの仲居が料理の用意をしている。食卓には低めの和椅子が添えられてあり、足もとが楽に飲食できそうだった。

しばらくして佳与が風呂から戻ってくると仲居が二人のグラスにビールを注いでから言った。

「鮎漁が解禁になりましたね。やっぱりこの時期の鮎が一番美味しいですよね。旦那さんも勿論ピチピチとした若鮎はお好きでしょ」

「そうですね。でも僕は鮎が大好きと言うほどではなく、やっぱりマグロの方が好きですわ」

「では、ヤマメは如何ですか？　山に女と書く魚ですが……旦那さん、女性はお好きでしょ？」

色っぽい目で仲居がほほ笑んだ。

「いやー、僕はヤボな山里育ちでねぇ。勿論女の人は好きやけど、川魚はあまり好きではないんですよ」

一目で二人の関係は見抜かれていると八坂は思った。

「あ、そうそうマグロの刺身ができないかな」

「板さんに聞いてみます」

「中トロが好きなんですが。なければ海の魚だったら何でも良いので適当にたのんます」

八坂は心付けを手渡した。仲居は礼を言って部屋を出て行く。


「ひかりの会のことだけどね」

佳与に向き直って、昼からの話を続けた。

「まず最初に、ひかりの神さんの神社を建てたいんやけど、どないかなあ？」

酒を飲んで二人だけで話すときはやはり大阪弁になる。

「お祀《まつ》りする神さまは何という神さんなの？」

「それは勿論アマテラスさんや。光と言えば太陽、お天道さんや。仏教で言うたら大日如来さんやなぁ」

「ほな天照大御神《あまてらすおおみかみ》さんと言うこと？」

「僕は天照皇大神《あまてらすすめらおおかみ》とお呼びしたいと思っている」

「そしたら、お伊勢さん同じ神さん違うの？」

「僕は違うと解釈をしている。皇大神の『皇《すめら》』の字は、天上の偉大な王、宇宙の王を意味しているはずやからね」

八坂は自分にうんうんとでも言うように頷いている。

「僕は、神社名を『和光神社《わこうじんじゃ》』として創建し、その祭神は『天照皇大神』と決めているんや」

「和光神社って、平和の和に光と書くのん?」

「そうや。字はそのように書いてヤマトの光の意味を表したいと思うてる」

「その神社名は聞いたことがあるような気がするわ」

「そうか? その通り、外にも何カ所かにある。同じ神社名は仕方がない。ヤマトの光の神さんやから和光神社や。これしかない」

「和光神社。私もそれでええと思うわ。でも新興宗教みたいなこと始めたらきっと苦労するわよ」

「うん、それは分かってる。せやけど、しないといかんと思うんや。佳与さん、今の日本の状況、危機的やと思わへんか?」

八坂は熱っぽく語り続ける。

政治不信、医療不信のこと。蔓延《まんえん》する貧困、行き過ぎた社会保障と生活支援制度で増え続ける国家予算のこと。定職に就けない若者達のこと。アメリカの隷属国家《れいぞくこっか》に成り下がった日本のこと。裏で手を廻して同じアジア人同士に戦争させようとする戦争屋のこと。アメリカ主導の強引なTPP交渉で壊されてゆく日本の農業のこと。生産しないで巨利を貪るマネーゲーム、世界から富を収奪する国際資本のこと。日本プレミアムと言われる日本向け原油の高価格のこと。国家収支が赤字でも国際支援の名で大判振る舞いをさせられている政府のことなど、八坂は愚痴のように佳与に続ける。そうする間も、停《とど》まるなく事なく、国籍のない巨大な資本は利益を求めて世界を駆け巡っているのであった。

様々に収奪されている日本は、このままでは近い将来国家破産の憂き目を見るのが必定と思われる。国が財政破綻すると、IMFの管理下に置かれ、債権者の国際通貨基金・再建プログラムが債務者の国民に優先して行使されることになる。これが一番怖いのである。豊かだった日本人は自由が奪われ文字通り、その日から「借金奴隷」に成り下がってしまうのだ。その日は突然やってくる。

これから逃れられる方法は、まず日本人としての矜持《きょうじ》を正すことだと八坂は思う。見てみるが良い、例えばテレビのバラエティー番組を。あれを見て、世界の誰が日本人を尊敬できるだろうか。

まず、制作者へのへつらい、低俗な笑いを取ろうとする芸ノー人達の下卑《げび》た卑屈《ひくつ》な笑い顔。雛壇《ひなだん》に並んだ程度の低いワンパターン番組。これらのオンパレードだ。これは視聴率優先の番組制作方針の所為でもある。どうか番組提供のスポンサーは、低俗な番組の提供から降りてもらいたいものだ。提供しているスポンサー会社のイメージが悪くなるとは考えないのだろうか。勿論、良い番組もあることはあるが良質な番組は少ないと思う。

八坂と佳与は冷酒を飲み、仲居が運んできた、刺身の盛り合わせなどをつつきながら話しつづける。

「あんたは教祖になりたいの？」佳与の言葉は核心に入ってくる。

「さあ、それは……」八坂は佳与の目を見て一息ついた。

「それは、傍から見るとそのようになるかな」

八坂は佳与が注いだグラスの冷酒を一口飲んだ。

「光雲先生の意志を継ぐとそのようになる。でもな、正直に言うと、先生のような高い霊能力はない。ある程度の霊感はあるとは思うんやけどな。まず今のところは、神《かみ》降《お》ろしがでけへん」

「そんなら、あんたは何ができるの？」

「そうやな。いろいろな相談に乗れる。道しるべを差し示す。これは佳与さんにもできるわな」

佳与は突っ込んできて、そのほかに何が？　などという。

「霊感を高める指導をする」佳与が、それだけ？　という表情をする。

「病気治しができる……いや、これは病状を改善すると言い直した方がええと思う」

「でも、それは法的にむつかしいのではないの？」

「うん、確かにそうや。だからアドバイスして本人の意志でやらせようと思う」

「微妙に問題がありそうな気がするけど……」

「でも、本当《ほんま》に病気が治せるんやで。ほとんどの病気は薬や手術なしで治せる。このことは何度も自分の体や身内で試した」

「そうやね。医者や薬はあまり信用できないとこがあるわね」

「はっきり言うと、薬はほとんどが毒や思うたほうが良い。また手術はこれも、ほとんどと言ってよいほど止めた方が良い」

「何もしないでほったらかしが良いと言うの？」

「いいや、適切な手当てをするんや」

「それはどういうこと？」佳与は食いさがる。

「美しい水をたっぷり飲んで、まずは休養すること。患部と覚しき処に、文字通り手を当て念波を送る。これで大抵の病気は治る。下手に切ったり薬の力を借りると、却って悪くなる。それが免疫力を阻《はば》み、自然治癒力を弱めることになる」

「自信のありそうな言い方やねえ。あんたが言うと、何かその通りと思うてくるわ」

八坂は更に言う。

ひかりの会の大事な仕事は、悩みの相談や病気治し、霊感開発ではなしに、どうすれば平和な世の中を続けられるかなのだと。身近な問題で言えば、どうすれば隣と仲良く暮らせるかである。広げて考えると、日本がどのようにして近隣諸国と友好関係を保ち続けられるかで、これが良好な関係となれば、おのずと世界各国とも平和の輪を広げられる。そのためには相互理解が必要である。現在の日・韓・朝・中国には歴史的に解決されていない遺恨が残っている。この問題をどうするか。同じ漢字文明圏なので、話し合えば理解の道が開けるはずだと思う。

「ひかりの会では、東洋史をふまえた日本史の勉強会をしよう。やっぱり我々は大いに古代中国・朝鮮文明の恩恵を受けて来たのやから」

知り合った当初から、佳与は健啖家で酒飲みだった。今もグルメでアルコールは滅法強い。八坂は佳与のグラスに冷酒を切らさないように時折注ぐ。

「それにねぇ、民族的にも中国や朝鮮は親戚や兄弟と言って良い」

八坂はその根拠を、ある大学の信頼できるデータを示して、日本人に固有のタイプ（日本人だけに見られるＤＮＡ）は５％未満しかない。大ざっぱに日本人のタイプを四分割すると……原住民系25％、朝鮮系25％、中国系25％、その他25％となる。と言ってから、アイヌ族（蝦夷・熊襲・隼人）は、原住民系に入れての話だと説明するのだった。

「なんか小難しい話で、眠とうなってきたわ」

佳与が眠そうな顔をしていたので、八坂は、ぼちぼち寝ようか、と一緒に階下に降りていった。

座敷には、布団が二組、少し離して敷かれていた。

八坂は一方の布団の片端を引いて、くっつけて敷き直した。

佳与は八坂の左側の布団に入る。窓辺からは吉野川の水音が、サワサワ、シャワシャワと聞こえてくる。

五、近隣諸国との軋轢《あつれき》

ひかりの会は、五條市に本部事務所を設けた。以前に八坂が佳与と下見をした場所である。はじめ八坂は、佳与に引っ越しをしてもらって、二階に住み込んでもらうつもりだったが、実際問題となると佳与の仕事ができなくなりそうなので、佳与には土・日・祝日で、都合がつく日だけ頼むことにした。デザイナーの仕事をやめて、ひかりの会の仕事に専任してもらうのは、会の運営が軌道に乗ってからにしようと思う。

それでも八坂は、和光神社の建設だけは先延ばしにはできないと思い、敷地の北側に小さな半間社の本殿だけを建立した。借家だったので大家さんに、移転する場合は元に戻すという条件付きで了解を得てのことである。

祭神は天照皇大神である。本殿内陣にはご神体とする神札を祀った。それは光雲師直筆の神名札である。その神名の右肩には、師の指先による朱肉印が縦に三つ、下部にも同様に五弁の桜花を模した朱肉印が添えられたものであった。

和光神社の鎮座・創建祭は、何処の神社からも神主には来てもらわず、神職の心得がある八坂自身が祭主となり、佳与を助勤にして斎行した。参列者は、ひかりの会の会員が任意で集まった少数の人達だけだった。

八坂は本部事務所に毎日出勤した。会員との直接相談などで出張の場合は、都合に応じて佳与に留守居を頼んだ。

会の活動は低調だった。八坂の方針で会員を積極的に増やそうとはしていなかったからでもある。

その頃、自民党が政権を担っていたが、日本は内外に様々な問題を抱えていた。内政では、産業界が振るわず失業者が増え続けていた。好調なのは自動車や工作機械など一部の工業製品だけであった。その他電気製品や電子機器などは様々な事情で、日本の進出が阻まれていたのだ。

外政では、日本は国際社会において活躍ができていなかった。国連に於いても、近年は要職から遠ざけられていた。日本が国際社会に貢献できたと言えるのは、国際協力の名で欧米から拠出を求められる様々な名目付きの援助資金だけだった。その一方では近隣諸国から様々に圧力が加えられ、国境線も度々脅かされた。北方からはロシアの漁船が北海道近海の日本の領海域で操業した。中国や韓国は、日本海に我が物顔で侵入しイカなどの海産物を乱獲していた。中国は日本海で、艦船の海上給油訓練をした。日本への威嚇である。

また中国は、国際的にも日本の領土と認められている尖閣諸島へ毎日のように現れ、日本の漁船の操業の邪魔をしていた。

日本は周辺諸国に舐められている。このままでは日本は侵略されてしまう。そういう論調が一部の新聞や週刊誌からはじまった。それにともなって一般世論としても、そうした声が巻き起こってくる。しかし日本は戦争を放棄した国である。憲法が交戦を許していない。憲法を改定して自衛隊を軍隊に格上げしようという意見が当然ながら上がってきていた。一方の慎重な意見として、

「これは日本を再び戦争に巻き込もうとする陰謀だ。戦争だけは如何にしても避けなければならない」とする声も当然ながらあった。

日本は大変な曲がり角に立たされていた。

日本政府は周辺諸国からの国境線不法侵入に手を焼き、対策を考えた。度々国会の審議でも、この問題が討議された。国会はいつも紛糾《ふんきゅう》した。野党の一部からは、これならいっそのことアメリカの属国になってしまう方が良い。独立国家であるはずの現在も隷属《れいぞく》させられているのだから。思い切ってアメリカの一つの州に組み入れてもらったらどうかというような極端な意見も出された。それについては与党の一部議員からも「そうだ、それなら彼の国らは手出しのしようがないだろう」と賛成があった。

それでは、国民投票で決めようという話にもなったが、実施段階で先延ばしされた。


世論が防衛問題で揺れ動いているとき、首相の諮問機関の一員から、誰に聞いたか、ひかりの会・会長の八坂に、日本の将来について「内々の参考意見を」との御注意付きで相談があった。

八坂はかねてより日本の先行きを憂いて、自分なりに国家運営のありかたを思考していたので、これを機会と捉え、日本の未来構想として、その要点を次のように具申した。

●まず、用心のため首都を西日本に移すこと
●アメリカの五十一番目の州になること
●日本州の内に特別区を認めてもらうこと
●奈良県を特別区とし、日本ＤＹ（District of Yamato）と呼ぶこと
●ＤＹに天皇の居住する都を定めること

八坂は、首相に会う機会が与えられたら次のように言おうと思う。
——世界は、理想として一国家、一言語、一通貨になることが望ましい。そしてその連合国家を治める盟主国は、世界で最も気高く歴史のある国でなければならないだろう。それには日本が最もふさわしい。それには、まず第一段階としてアメリカに世界の覇者になってもらう。その上でアメリカから委託を受けて日本が、その世界連合国の盟主となって全世界を統治するのだ。まさに文字通りUnited Nationsの誕生である。——

実際の運営としては、連合国内は一つの共通語（公用語）と方言とも言える各国語の併用とし、連合国法を基本としての法律も、風土や歴史、習慣に応じて柔軟に運用

されることが理想だ。

そのようになれば「内平らかにして外成る」、また「地平らかにして天成る」と、中国の古典（史記、書経）から引いて、平成の年号に込めた願い通り、世界に平和がもたらされるかも知れない。そのように日本が世界のリーダーになれば、世界のどの国も素直に日本に従うのではないか。何故なら、世界の支配者たる証拠の品がある。それは「聖櫃《せいひつ》Ark」だ。それには世界の秘密が隠されている。今までは、その聖櫃の秘密が何であるか分からなかった。しかし、それが少し解明されそうな希望が出てきたのである。

そのきっかけは、真秀《まほ》が見た夢だった。


八坂は、真秀に初めて会ったときのことを思いだした。

それは和光神社の鎮座祭の日だった。参列者の一人として佳与が連れてきていたのだ。

「八坂さん、これは私の娘です。真秀《まほ》と言います」

紹介した時、八坂のことを、さん付けで呼んだ。

つきあい始めてこのかた、八坂の名を呼んだことがなかった。いつもは「ねぇ、ちょっと」とか「あんた」とか呼んでいたのだった。

紹介されたその時、「真秀です、はじめまして」と叮嚀に頭を下げた女の子は、すらりとして背が高く、黒髪を肩まで伸ばした美しい娘だった。大学に入学したばかりだといった。

八坂は驚いた。佳与に娘がいたとは聞いたことがなかったからだ。

初対面にも拘わらず、八坂には何か親しみが感じられて、前からよく知っている子のように思われた。

佳与と二人だけになった時、八坂は聞かずにはいられなかった。

「佳与さん、あの娘《こ》は本当にあんたの子なの？」

「そうよ。紛《まぎ》れもなしに私が腹を痛めて産んだ娘やよ」

「そんな事聞いたこと無かったやないか」

「言う必要ないいし、黙っていたんよ」

「誰の子やねん？」

「誰って？　私の、前の彼の子やよ」

「あんたは子供を内緒で育てていたんか？　知らんかったなぁ」

「赤穂の私の実家で父が育ててくれたんよ。赤ちゃんの頃は兄夫婦が同居していたので義姉が自分の子同様にしてくれた。その頃も私は、仕事をしないことには食べて行けず、自分のことだけで精一杯で、とても子供まで育てる力がなかったんよ。せやから実家に頼んで預けたんよ。せめて養育費だけはと兄夫婦に払っていた」

「前の彼は子供の認知をせず、養育費も払わずか？」

「まあね。特に証明もでけへんし、言うてないねん」

「相手の子やったら、話せば解るのとちゃうか？……」

八坂はそう言ったあとですぐ、まさか？　と戦慄した。まったく自分の身に憶えはないと言えなかった。

「まさか？　佳与さん、……」

八坂と佳与は目が合った。八坂は佳与をじっと見つめる。

先に視線を外したのは佳与だった。

「アハハ……、アホやなあ。あんた自分の子やないかと思うたんか。そんなハズないでしょ。私の娘の真秀《まほ》は、背も高く美しいで。あんたの子があんなにスマートになると思う？」

佳与は、アハハと笑い、八坂も、そらせやなぁ、俺に似てたら、あんな美しい娘にはならんわなぁと言葉を返した事を思い出す。

一年後のある日、井原佳与は娘の真秀が見たという夢の話をした。

「魔王大権現《まおうだいごんげん》という神さまが夢に出て来て、『墓前に世界の秘密を記した金属板を埋めている。これは世界中の誰もが知らない科学知識が、詰め込まれた記録板である』と言った。また、『この金属板は表から見ても何が書いてあるかは解らない。でも、ある能力を持った人が手を当てると即座に内容が理解できるようになっている。その人に手渡すまでは、決して触ったり加工したり、計器で観測したりしてはならない』と強く戒められた」ということを真秀が佳与に話したというのだ。

八坂はこのような佳代の話を大変興味深く思った。この話を聞いて直感的に、これが世界中が昔から探している「聖櫃Ark」ではないかと思ったのだ。

「魔王大権現」と確かに言っていたという。八坂はこの権現の名の記憶があった。確かに何処かで聞いた、或いは見たと思う。

ネットで検索するが出てこない。念のためと自分のホームページを見直して分かった。

自分のホームページでは「龍王神社」がその掲出ページの見出しだったので気付かなかったのだ。その頁に目を通して、以前に一度参拝したことがあることをはっきりと思い出した。

それは吉野三山の一つ、櫃ヶ岳またの名を銅岳という山に、「銅魔王權現」の名で祀られている神様だった。この神がおそらく真秀の夢で託宣《たくせん》した「魔王大権現」のことであろうと思われる。

（これは是非現地で確かめなければならない）そう思った八坂だったが、墓前に埋納していると言われる物を発掘するには、やはり専門家の助けを借りた方がよいかとも思う。こうした場合は奈良県下であれば、有名な奈良考古学研究所に相談してみるのが一番だと思った。しかしその一方で、「決して触ったり加工したり、計器で観測してはならない」と言っていたということを考え合わせると不安もあった。

もし間違った扱いをされて金属板に記憶されているというデータが、消去されてしまうような事になれば取り返しがつかない。

それに真秀《まほ》が見たという夢告通りに、そのような秘宝が本当に埋められているとは、一方では信じられない気持ちもあった。

ここはやはり慎重に、自分たちだけで下検分した結果を、判断した方が良いように思う。それに第一、その秘密の金属板が何処に埋まっているか、はっきりと分かっている訳ではなかった。

八坂は佳与に、真秀ちゃんを連れて下見に行こうと誘った。

よく晴れた日曜日、八坂は東大阪市の佳与のマンションに行き、二人を車に乗せると外環状線を南に走り、三〇九号線に出ると一路下市方面に向かった。奈良県吉野郡下市町貝原にある龍王神社、銅魔王権現の周辺を下調べするためだった。

下市町長谷の丹生川上神社《にうかわかみじんじゃ》下社の辺りから、丹生川を対岸に渡り丹生川沿いを下流に向かうと、森林やすらぎ村があって、その向かい側が櫃ケ岳への上り口になっている。ずいぶん細い道で対向車があると、どちらかが待避場所まで後退しなければならない。幸い対向車もなく七合目くらいまで車で行き、少し広い場所を見つけて駐車した。

魔王権現は八合目くらいにあるので、少し手前からじっくり辺りの状況を観察したかったからである。

ちょうどこの辺りの植生は、赤松が多くなっているので、この時期は松茸が採れるようだった。「松茸林私有地立入禁止」の看板が至る所につり下げられている。

土地勘のある八坂が先頭で歩いた。今日の目的は、霊感が最もよく働く真秀に、聖櫃が埋められている位置を特定してもらうことだったからだった。

櫃ヶ岳の八合目くらいの所、その辺りは山腹斜面がなだらかになっていて、木立もまばらな所に一本の杉の大木があって、そこに「銅魔王権現」の小祠があった。

八坂、佳与、真秀の三人はそこにかがんで拝礼した。

佳与の娘真秀は、さらに黙禱を続けた後、その辺りの気配を窺うように小祠と神木を一周した。そして八坂と佳与の二人に、ここで待っていてほしいと言って、小祠の後方に一人で歩いて行く。

しばらくして戻ってきた真秀は二人に言った。

「その先の地下に金属が埋まっている気配があります」

真秀の示す場所に三人で近づいた。佳与も同様に何かの霊的なものを感じるという。

八坂は日を改めて発掘に来ようと佳与に言い、その日は帰った。

八坂は、口の堅いひかりの会・会員に応援を頼もうと思った。

発掘の当日、八坂、佳与、真秀の三人は、会員の星野、荒木の二人を加えた五人で再び櫃ヶ岳に向かった。魔王権現に行き、聖櫃と思えるものを発掘するためである。

今回は鶴嘴《ツルハシ》・唐鍬《トンガ》・掬鍬《スコップ》、それに念のため鏨《タガネ》と金鎚《ハンマ》を用意した。

この日は曇りだったが、幸い雨は降らなかった。力仕事が多いのでむしろ曇りの方が好都合だった。

真秀が指し示す場所を男三人で掘った。一メートル近く掘り下げたとき、八坂が振り下ろした鶴嘴にガツンと衝撃があった。慎重に唐鍬や掬鍬に持ち替えて土を掘り除いていくと、表面が凡そ畳一枚、厚さ五センチくらいの石板が現れた。作業がしやすいように回りを掘り下げた。すると小さな石室のような造りになっている。大きさは、幅一メートル、高さ一メートル、奥行二メートルくらいだった。その蓋として上部に石版を載せているようだった。表面の土を除いて拭くと、どうやら四枚の石版を漆喰で接合して覆いの蓋としたものらしい。接合部を慎重に鏨と金鎚を使って切り離し、石版を外すと中には粗末な木箱が入っていた。

（これは、聖櫃だ。間違いなくアークだ！）八坂は心で叫んだ。

八坂が木箱の止め金を鏨で切断した。

木箱の蓋を開けて中をみると、茶色の麻布のようなもので包《くる》まれた物が入れられている。何だろう？　と皆は顔を見合わせた。

八坂がそれを取り出そうとして手を伸ばす。

「触らないで！」真秀が叫んだ。

その声で、みんなも木箱を触ろうとした手を離す。

真秀は静かに近づいて、木箱の中に手を入れ、茶色の物体に手をかざす。しばらくそのまま様子をみた後、作業手袋を付けてそっとその物体に手を置いた。少し離れて四人が見ている。

「触っても大丈夫みたいです」

その声を聞いて四人は木箱に寄っていった。

真秀は、作業手袋の手で掴んでもちあげた。

「そんなに重いものではないです」と真秀は言い、物体を巻き包んでいる茶色の布を剝がす。

聖櫃に入れられていたのは方形の金属板だった。磨き込んだステンレス鋼のような光沢がある。

「世界の宝物が見つかった。これがアークや」

八坂は佳与の耳元で小さく囁いた。

真秀は、今度は手袋を脱ぎ、右手の平で金属板にそっと触れる。手の平を通し、記録内容を霊視しているのである。

しばらくして、真秀は大体の内容を把握したようだった。

八坂は真秀に意見を聞き、佳与と相談して、その金属板を聖櫃に戻すことにした。四枚の石版を上に載せ、掘り出した土を元の通り埋め戻すと、腐葉土《ふようど》を上に載せ、落ち葉を適当に撒《ま》いて、ためつすがめつ見ても分からないように、自然の状態に復した。

科学技術が飛躍的に進んだ段階になれば、金属板の記録内容が詳細に判明するだろうと思えたからだった。

あとから真秀が八坂と佳与に話したことによると、それは超古代の記憶媒体で、それには驚くべき秘密が隠されているという。まだ世界の誰もが知らない超知識と言っても良い。真秀の霊視《れいし》では詳細までは判然とはしないものの、凡その記憶内容がつかめたらしい。

真秀によれば、次のような知識だという。

永久原動機、惑星間宇宙船、空中移動車の構造と製造法。宇宙空間の秘密、人間や動植物生命の秘密、究極の万能兵器のことなど、その秘密の知識が詳しく記録されているという。中にはすぐに実行できる技術や、すぐにでも製造できる機械もあるらしい。

その中の秘密の一つに、八坂の師光雲がすでに発見していた金属がある。それは、ファニウムという金属で、この金属は磁性を持ち、ある方向の位置を得たとき、空中に浮揚する性質を持つ。応用は無限にあり大変な価値を持つものと思われる。この金属は、日本のある地域に地下資源として大量に眠っていると光雲師は預言していたものだ。

その他にも師が解明していた生命の秘密があった。これは現代の栄養学を完全に否定するもので、簡単に言えば現代我々が食物として摂っている栄養は不要になる。つまり命の根源の栄養素は、穀物でも肉でも野菜や果物でも無く、それは地球上の空中や水中に遍在している「プラナ」だというのである。

――後に解ったことだが、聖櫃に保存されていた金属板には驚くべき秘密が記されていた。宇宙の成り立ちやその構成、成分も現代科学の説明とは大きく異なったものだった。宇宙や天体、地球上の人類の歴史も、記されていた真実というものは直ぐには信じがたい内容だった。その金属板の解読法は、佳与の娘、真秀が不思議な夢告で得たものが解読のヒントになった。

真秀は、大学を卒業してからも東大阪市で、母の佳与と同居生活を続けた。

六、奈良遷都《せんと》

近年の日本は、大きな自然災害に次々と襲われていた。台風や洪水、地震などである。それに加えて各地で火山活動が活発になってきていた。

中でも日本中が注目して、その成り行きを一番心配していたのが富士山の動向だった。近年中には大噴火を起こすだろうと言われていた富士が、この年とうとう噴煙を上げたのだ。東京五輪を終えた翌年だった。

それまで富士山の周辺では、毎日火山性の微動地震が続いていた。いよいよ大噴火が近いと見た気象庁は観測に本腰を入れはじめた。精密観測をすると山体の膨張が認められた。山中湖では水位が下がりはじめていた。その後、八合目くらいの東南山腹から初めての噴煙が上がったのである。

いよいよ富士山が大噴火を起こすのは決定的だと人々は噂をした。日本中がニュースに釘付けとなった。富士周辺の村や町は怯え大騒ぎになった。でも、噴火の兆候が見え始めただけでは、引っ越しするわけにもいかない。休日だけに来る別荘生活者や趣味の菜園を楽しむために季節移住して来ているような身軽な人たちは早々と引っ越しをはじめた。みんなが浮き足だってきても、そこに生活の基盤を置いている人たちは簡単に引っ越しをするわけにもいかなかった。大部分の人たちは「今しばらく様子を見よう」ということになる。

政府にとっては「富士山噴火」ということになると、このまま捨てておけない重大事だった。大噴火にでもなれば首都機能が麻痺《まひ》するのは明白だったからである。

噴出した溶岩、或いは火砕流で高速道路や新幹線が分断される。「これは一大事！」と今度ばかりは、政府も首都の移転を真剣に考え、即候補地の選定に入った。首相の側近たちは、

「噴火に伴って降り注ぐ火山灰の被害の他、北方から侵略される危険もある。この際思い切って関西方面へ遷都しましょう」と言いはじめた。首都機能を移転するだけでは済まされないと言うのである。では、一番安全な地域は何処か？

首相の諮問機関《しもんきかん》からは、

「それは奈良盆地以外には考えられません」と答申してきた。

政府首脳は考えた。遷都とは帝都移転と同じ意味である。つまり天皇にも江戸城皇居から、お移りいただくことになる。

諮問機関の、ある信頼できる人物はこう言った。

以前にも首都機能の一部の移転については検討されたことがあり、法的には一九九二年に「国会等の移転に関する法律」が成立していた。さらに一九九九年には「国会等移転審議会」が候補地として三地域を選定していた。その三地域というのは、「栃木・福島地域」「岐阜・愛知地域」「三重・畿央地域」の三候補地だった。しかし移転費用は当時で十数兆円とされ、厳しい財政状況下ではとても困難である、そのような費用があるなら、他に急を要する用途が山ほどある等々、反対意見が多く、そのうち首都機能の一部移転問題は立ち消えとなっていたのである。

ところが事情が急変したので今回の審議は、国会等の移転ではなく、首都機能が麻痺するかも知れない事態に対応しての「遷都審議会」であった。

当然前回の三カ所の候補地が再検討されたが、最終的に候補地として残されたのは「三重・畿央地域」の畿央地域だった。

そして最終の審議会では、首都としては広大な平地が望ましいとされ、やはり古代より都が置かれた奈良の地が帝都として最も条件が良いということで、最終的に遷都先は奈良盆地と決定された。

あとは専門家集団によって奈良盆地内の、どの場所に都を造営するかの検討がなされた。土地の取得で一番問題になるのは必要な広さが確保できるかどうかだった。最初に目が行くのは藤原京があった地域である。この周辺は史跡公園になっていて、今でも藤原宮及び藤原京の発掘調査が続けられていた。また、「飛鳥・藤原の宮都とその関連資産群」として世界遺産登録に向けての下準備を進めている段階でもあったが、この際は緊急事態だった。そのような事より、是が非でも遷都しなければ日本の存続そのものが危うかった。

政府の肝いりで奈良三山に囲まれたこの地域に新帝都を建設することに決定された。

そのように決定すれば、あとはできる限り迅速に工事を進行させるだけだった。歴史的な遺跡の調査や保存など様々な問題が残っていたが、それまでに行われた成果を元に、緊急に調査結果として纏められた。

工事は日本の総力を挙げて進められた。まず皇居、そして国会議事堂と監督官庁群である。これだけの大工事を富士山が噴火するまでに完了しなければならない。

一方、北海道や種子島周辺の日本領海への不法侵入は後を絶たなかった。中国や北朝鮮は、日本海で日本との戦争を想定した軍事演習を続けていたが、いよいよその演習が実戦さながらの様相を呈してきており、日本への侵攻間近のように緊迫感が漂ってきていた。

もちろん政府は、中国、北朝鮮の両国に厳重に抗議しているが、演習を止める気配はなかった。日本の自衛隊は離れて監視するだけで直接阻止行動はできなかった。集団的自衛権は認められてはいたが、その頼りとする米軍は、一向に阻止行動をしようとする動きはなく、見て見ぬふりをするばかりだった。

相手は日本を戦争に引き込もうとしているのは明白だった。いや中国や北朝鮮だけでなく、同盟国のアメリカそのものが、日本を戦争に引きずり込もうとしているようでもあった。

その頃日本は、政府も国民も大体彼等の魂胆が分かりかけていた。

それは日本国の存亡にかかわる大事な局面だと皆が承知していた。

「ここはどんなことがあっても彼等の陰謀に乗ってはならない」

日本には第二次大戦の悲惨な教訓があった。

国家の一大事に追い込まれた日本は、以前までは政府と国民がしょっちゅう対立していたにも拘わらず、この危機を迎えて一致団結できた。

日本政府は、米国に対して正式に申し入れをすることになった。

「日本は、アメリカ合衆国に加盟したいと希望する。もちろん合衆国の一州となれば貴国の法律に全て従うつもりである」と。このような意味の要望を正式文書で差し出したのである。

日本側にしてみれば、一戦も交えずに軍門に下るのは、大和魂の武門の国としては些《いささ》か不甲斐なさ過ぎる。

だが日本としては、もう血を流し合う悲惨な戦争はこりごりだった。終戦の日に二度とこのような、血を血で洗うような戦争は決してしないと心に誓ったのだった。「不甲斐ない」「惨めだ」と言っても先の大戦を思えばいくらでも我慢出来る。少なくとも命は守れるし、血も流さなくて済むのだ。

今回の日本の身の振り方についても、前回と同様に首相の諮問機関の同じ人物から八坂建に事前の相談があった。

八坂は前回と同様に、次のような意味の意見を述べていた。

――この地上から戦争を無くそうとすれば、全世界を支配できる軍事力を持つ一国家に全世界を統一してもらうことだと思う。今世界を見渡してみると、それはアメリカ以外には考えられない。古く日本の歴史を考えてみても、戦国時代は群雄が割拠してむごたらしい戦争が続いた。それを信長が些《いささ》か強引な力によって統一の方向付けをした。秀吉がその業績を引き継ぎ、ご存知家康が太平の世を招来した。そのような事を参考にしてみてはどうか。そこで現代の世界だが、今アメリカが世界統一の最有力候補だと思う。いかにも乱暴なやり方をしそうだが、まずアメリカに地平《ぢなら》しをしてもらったらどうか。その為にも今はアメリカの支配下にずっぽりと組み込まれるのが最良の日本の処世術だと思う。アメリカの五十一番目の州に自ら進んでなって、まずはアメリカのお手並を拝見しようではありませんか……と。

それで、世界中から戦争がなくなるのであれば、それで大いに結構と八坂は考えたのである。

アメリカ合衆国に加盟する条件として、前にも言ったように、奈良県を特別区として自治の権利を認めてもらうこと。そこには皇居を定め、前例通りの天皇制を認めること。また日本は、ＪＡＰＡＮではなくＮＩＰＰＯＮの表記で統一すること。それらのことを引き替え条件としてなら、アメリカ合衆国の五十一番目の州になっても良いと八坂は意見を述べた。

しかしそのような条件を付けてアメリカが了承するだろうか？　と政府筋は気にかけた。それに対して八坂は、

「アメリカの立場になってよく考えてみてください。血塗らずして日本が手にはいるのですよ。きっと受け入れますよ」

八坂は自信を持って政府高官に返答した。

日本政府は、八坂が提案した内容をそのまま交換条件として、合衆国に加盟の申し入れをした。

おそらくアメリカは、待ってましたとばかりに喜んで了承するだろう。八坂には先の展開が手に取るように見えた。

正式に合衆国に加盟して、その後に日本が、いや、合衆国日本州ＤＹ（District of Yamato）が盟主となって世界を統治する。その時にはどのように他国があがいても、他国がどのような手段で対抗しようとも、とても太刀打ち出来ないほど日本ＤＹが名実共に力を備えているはずである。八坂はひとりほくそ笑んだ。

結果的にアメリカは、日本を合衆国に組み込むことを了承し、その前提条件としての要望を悉《ことごと》く認めたのだ。

何故アメリカは日本の要望を悉く呑《の》んでまで、自国の州に加えたのだろう。

日本は戦前から資源の乏しい国と思われていた。しかし二十一世紀を迎えて以降、日本近海には豊富な海底資源が眠っていることが分かって来た。近年の調査では、エネルギー資源として特に有効なメタンハイドレート、金やコバルトなどのレアメタル、レアアースなどが大量に埋蔵されていることがアメリカにも知られていたからである。この貴重な資源は、アメリカとしては是非確保しておきたいものだった。それにこの資源の発掘には高度な技術が必要だった。

日本を属州にしてしまえば、資源とその発掘の技術が労せずして手にはいるのだ。八坂は思う。アメリカは、というよりもワンワールドを企図する勢力は、日本がどのように抵抗してもこの資源を根こそぎ奪いに来るだろう。それなら無駄な血を流さないうちに日本の方から先に彼等の懐に飛び込んだ方が良い。そのような考えからアメリカの五十一番目の州になるのが良いと政府筋に具申したのだった。もちろんアメリカは日本を自国の州に加えるだろうことを見越しての話だった。それだけではない。おそらく彼等は、世界中で探している聖櫃が、日本に隠されていると見ているのではないか。それなら、なおさらどのような条件を付けても、アメリカは日本を州の一つに加えることだろうと、八坂は確信していた。

かくして日本は、正式にアメリカ合衆国の五十一番目の州となった。それまでのいわゆる日本人は、すべてアメリカ人となった。

もちろん人種的にはそれまでの日本人と変わりはないが、国籍がアメリカ人となったのである。言うまでもないことだが、あらゆる事がアメリカ合衆国法に制約されることになった。それまでの日本国民と最も大きく違うところは、徴兵制度の義務を負うことであった。

それまで、のほほんと暮らしてきた日本人にとって徴兵に応じなければならないというのは大きな覚悟が伴った。しかし考えてみると暮らしている国を護る徴兵制というのは、或いは当然の義務とも言える。アメリカ国籍となることによって、命の危険が伴う徴兵には応じなければならなくなるが、一方で良いこともあると思われた。それは、国民一人ひとりが妥協を許されなくなり、良いことは良い、悪いことは悪いとはっきり峻別されることだった。

社会保障制度も今までのような手ぬるい基準では支給してもらえなくなるだろうと思えた。生活保護についても、それまでのような甘い基準では支払われなくなるだろうと予想できた。仕事に就《つ》かず、したがって社会保険料も払わず、長年にわたって遊び暮らしてきた人間が、生活に困ったからと言ってそう易々とは生活支援はしてもらえなくなる。旧日本では、長期間社会保険料を払ってきた給与生活者が受け取る年金額より、困窮者《こんきゅうしゃ》の生活保護費の方が多いというような矛盾がある。おそらくそのようなことはアメリカ国民になれば決して許されないだろうと思われる。つまり、まじめに働いてきた国民には、国はそれだけの最低の保障はするが、遊び暮らしてきた者は例外とされるだろうということだ。その点はアメリカの方が、信賞必罰を確実に実行するような気がするのだ。

富士山は、相変わらずいつ噴火を起こしても不思議でない状況が続いていた。各地でも火山活動が活発になり、至るところで小さな憤煙を上げていたが、日本がアメリカに編入されたため、国境線の不法侵入はまったく無くなっているのがせめてもの救いである。

遷都という意味ではなくなったが、東京から関西方面への政治の主要機関の移転は続けられていた。日本州の州都を東京から奈良へ遷す大事業である。富士山の大噴火は決定的と思われ、新たな州都機能の整備が急を要していた。州都奈良はニッポン・ディーワイ（NIPPON, DY）と呼ばれ、そこには天皇が住まう皇居と、日本州会議場の建設が決定されており、工事は急ピッチで進められている。

七、五十一番目の州

アメリカの五十一番目の州となった日本は、公用語として英語と日本語の二言語が選択された。その定めに従って公文書は英語と日本語が併記されることになったが、その実施は十年後に猶予され、それまでは日本語のままでも可とされた。法的な処置や州政府の文書の整備に時間を要するからである。

日常の言語は、ほとんどの人達は日本語を使った。日本の人々は自由に英語を使いこなせないからである。英語は、外国から日本に来て働いている人々の一部が使うだけにとどまっていた。合衆国政府は、日本州政府に命じて英語の普及を推し進めようとし、英語教育は小学校の一年生から教科に組み入れられ必修とされた。公用語として英語も不自由なく使いこなせるようにするためだった。それまでの日本人が「国語」として学んでいた日本語は、第二国語となり、選択科目として残された。大部分の日本人子弟は英語と日本語の両方を学んだ。義務教育としては、英語の教科が増えた分を他の教科の履修時間を減らして調整された。

日本州は、合衆国の方針に準じて難民や移住希望者を受け入れていたので、それまでの日本人に交じって外国人の割合が増えてきていた。それらの外国人達は、英語よりも日本語を積極的に学び、好んで日本語を話した。そのため合衆国日本州では、日本語を話す人口は全体として増加の傾向にあった。国籍も以前の日本国籍を取得するよりは遥かに簡単だった。

新聞の第一面は英語表記とした新聞社もあったが、大部分の新聞は、従来通り日本語表記のままだった。以前よりの英字新聞はそのまま継続して発行されていた。

通貨は日本円、米ドル両方が通用した。

日本が合衆国に組み込まれても大きな違和感はなかった。第二次大戦後の日本は、その何もかもが米国をモデルにしたものだったので、大きな違いはなかったからである。

強いて違いを挙げれば「天皇制」と「徴兵制」と言えるが、天皇制は日本州に於いてのみ特例的に認められ、皇居はNIPPON, DYに鋭意建設中であった。徴兵制は、国を守る制度としてそれは義務とも言え、特に反対することではなかった。

立法・司法・行政の仕組みも三権分立で変わらず、議会も二院制で大きな違いはない。しかし、旧日本の国会議員が衆議院・参議院の両議員で約七百人いたが、それは州議会議員に格下げして、上下両院で半数以下の三百人に議席を減らさなければならなくなった。その参考にしたのは、日本の面積に近いカリフォルニア州の議員数だった。旧日本の国会議員が多すぎたともいえる。

また、合衆国議会（連邦議会）・議員については、日本が合衆国に加盟したことから、元老員で二議席、代議員で十議席定員が増員されることになった。その決定に伴って次回の選挙から、それぞれ出馬できる。

ひかりの会の活動は相変わらず低調だった。会員獲得の活動はせず、入会はもっぱら会員が紹介する人に限定していたからだ。

その頃八坂は、会長とは名ばかりの立場を取り、実質の運営は佳与に任せてしまおうとしていた。

運営の主導権が八坂から佳与《かよ》に移行してしばらくすると、佳与が天性の霊能力を発揮して、信者は徐々に増えていた。

でも実際は、最も霊力が高い佳与の娘真秀《まほ》が、その持てる力を発揮して佳与を補佐していたからだった。

ひかりの会には、直接或いは会員を通じて様々な相談が持ち込まれる。相談希望者はあらかじめ申し込みをして、指定された日に、会長代理の佳与に対面して相談するのだ。

佳与は代理先生と呼ばれていた。本来は会長である八坂の代理というような意味であったが、信者からは神様の代理とでもいうほどの意味で呼ばれた。佳与の言葉は天照皇大神の言葉として信者は聞くのだった。このような信頼を得ていたのは娘の真秀の力だと言っても良い。佳与はむつかしい相談は必ずと言っていいほど娘の真秀に相談する。そして娘の判断を自分の意見として信者に伝えていたのである。

信者は会長の八坂のことを会長先生、会長代理の佳与を代理先生と呼んでいたが、実際に神さまの言葉を伝えるのは佳与の方だったので、信者たちは、本当に偉いのは代理先生だと心得ていた。

佳与は、人当たりが良く、どのような相談事にでも親身になって信者の悩み事を聞く。佳与は人気があり信者に慕われた。だから信者というより、ほとんど佳与のファンとでも言う方が当たっているようだった。宝塚の女優のように女性ファンが多いのだが、一方で政治家や事業経営者たちからも大いに頼りにされ、相談に訪れる人達の予約でいつも詰まっていた。

大抵の相談事は、その場で判断して答えをくだし、それぞれについて指針を示した。その場で判断しかねるような相談事は、

「その事については、あとで神さまに伺っておきます」と言い、即答せずに、真秀か

ら神さまに伺いをたててもらって、その答えを聞いてから、後日に信者に返答するようにしていた。

つまり、神の託宣をするのは真秀で、神の託宣を聞く審神者《さにわ》の役を佳与が受け持ち、神懸かりする本人、つまり神の依代《よりしろ》の役を真秀がやっていたのである。佳与は、信者から受けた相談事を内容によって、佳与自身が判断つきかねる場合は真秀に言い、真秀が神に伺いを立てるのだ。

奥座敷の神棚の前で祈ると、真秀の口からは、神の言葉が佳与の問いかけの答えとしてすらすらと出てくるのだった。その神の言葉を信者に取り次ぐのが佳与だった。

そのうち佳与は、和光神社の信者や、ひかりの会の会員から、「神代《しんだい》さん」と、アマテラス神の代弁者のように尊敬されていった。

そのうち、会員の中でもリーダー格の星野、そしてサブリーダーともいえる荒木の両会員が力を発揮し始めた。この二人は独身だったが、母親とも言えるほど年の違う佳与を心から尊敬し、教祖に接するように崇《あが》めて仕えていた。

一方その娘の真秀《まほ》に対しては、二人共いつも遠くから羨望のまなざしを向け、高嶺の花の女神のように恋い慕っていた。この気持ちが母親の佳与の方に向かい、一途に尽くす気持ちを倍加させていたのであった。星野はデザイナー、荒木は学習塾講師と、それぞれ仕事を持っていたが、だんだんとひかりの会に傾倒していった。

そのうち二人はどちらが言うともなく、佳与を教主にして「ひかりの会」を教団にしようと考えはじめていた。和光神社の祭神・天照皇大神を崇め祀る宗教団体をつくろうというのである。

二人は、佳与のことを「アマテルさん」、真秀のことを「ワカヒメさん」と呼ぼうと決めた。

いざ教団を創るとなると様々な解決しないといけない問題があった。将来の法人格取得のための準備である。まず真っ先に教義を整備しないといけない。信者を教化育成して教義を広め、礼拝の施設を備えて儀式・行事を行うことが必要なのだ。

実際月一回の勉強会を開催し、年一度総会を催し、春の例祭、秋祭りと行ってきているので宗教的活動は続けている。

明確に役員名を発表していなかったが、改めて公表するとなれば当然のこと八坂建、井原佳与、井原真秀の三人が役員で、代表役員は現段階では八坂ということになる。

教義と言えば先代の山辺光雲の残した言葉が教義の中心になるが、これは改めて検討し明文化する必要があった。その他ひかりの会・会則や、会費、年行事も決定公表しなければならなかったし、あらかじめ決めておきたい細則もあった。

星野・荒木の二人は、教主の立場となる佳与に相談すると、数日して返事があった。

「会長もOKしてくれました。二人で準備を進めてください」

会長の八坂も賛成してくれたし、私自身も賛成です。以前からそれは必要だと思ってましたと言うのだった。また、ほとんどあなた達二人に任そうと思うが、大事なことなので先ず草案を作って見せてほしいというようなことだった。

二人は時々会長代理の佳代に相談しながら、作業に取りかかった。


日本がアメリカ合衆国に加盟して、日本を取り巻く周辺国から侵略される脅威は、さしあたって無くなっていた。合衆国日本州となった以上、その国境線を侵すことは合衆国と敵対することになる。大国ロシアや中国と言えども、さすがに軍事大国アメリカと戦火を交えようとは考えはしない。まして北朝鮮や韓国にそのような度胸も実力もなかった。

日本の自衛隊は、合衆国の極東軍の主力に組み込まれ、太平洋各地に展開していた。

戦火こそ交えなかったものの、米軍に日本の旧自衛隊が加わるとその装備と兵力は太平洋周辺各国を圧倒する。

その頃になると核兵器は、有名無実の古典的兵器に成り下がり地球環境、生命倫理上からも、実際には使用不可能な兵器となっていた。

どこの国も、核に代わる新兵器の開発に腐心《ふしん》していた。

時々には、「某国が超兵器を開発したらしい」と言うような噂が流れた。

「アメリカに併合された日本は、核を上回る超兵器を開発したそうだ」と言うような噂もあった。また外にも、

「日本DYは、世界中で昔から探していた聖櫃をすでに発掘したそうだ。その聖櫃に保管されていた秘密の金属板には、驚くべき技術が記録されていることが分かり、その内容を研究して、そのいくつかの技術は実用段階にある」とも言い、それは合衆国政府にも内密にしているらしいとの噂も一部に流れていた。

時を経て、世界は大きく様相を変えようとしていた。国々がまとまって大きな勢力圏を築き、ブロック化して連邦国を形成していた。

それは、次の五大連邦国家群である。

まずは●アメリカ連邦
これは南北アメリカ大陸・豪州に加えてハワイ、オセアニアの旧諸国と日本がそれに含まれている。
次には●ヨーロッパ連邦
これは、旧EUと西ロシア。
そして●アジア連邦
これは、旧中国と東ロシア、南北朝鮮と台湾、東南アジア旧諸国。
続いて●中近東連邦
ここは中近東・インド・セイロンである。
そして●アフリカ連邦
ここには勿論アフリカ旧諸国がはいる。

これら五つの世界連邦が一つに統一されると地球国家、世界連邦の誕生となる。

八、盟主国ヤマト

合衆国の五十一番目の州になった日本は、周辺諸国からのいやがらせや、領空・領海侵入の脅威は全くなくなった。それは、日本を侵《おか》そうとする行為は、そのままアメリカへの敵対行為を意味するからである。日本の自衛隊を併合して、以前にも増して圧倒的な軍事力を誇る軍事大国となったアメリカ連邦へ反抗する勢力などあるはずはないと多くの人は思った。

防衛上の心配はなくなったものの、日本は自然からの脅威を抱えたままだった。それは間近に迫って来ていると思える富士山の大噴火である。富士山の周辺では異変が続いていて、今にも大噴火が起こるのではないかと思われた。

日本州政府は、日本ＤＹ内に州会議場と皇居の建設を急いでいた。日本ＤＹは旧日本国の奈良県と同じ領域である。その奈良県の、古代に都が置かれた藤原京址に、日本の最も重要な施設を築こうというのである。その他にも州都としてどうしても建設しなければならない多くの建築があった。それを富士山が大噴火を起こすまでに成し終えなければならない。噴火をしてからでは遅いのである。

それで州政府は、まず天皇に関西へお遷りいただこうと考えた。皇居は建設を急いでいるが、完成までにはまだ相当の日時が必要だった。

「そうだ、ひとまず京都御所を仮皇居としていただこう」

首相がそのように主張し、州会議でも同意を得て実行に移された。

州会議は、旧日本国の国会議事堂で行われている。


中国四千年の歴史を見ても分かる通り、支配者層の民族が変わり、皇帝が交代しても、その国の官僚機構はそのまま受け継がれている。国家の統括運営には、その国を統治するための官僚機構はどうしても必要なのである。その例に漏れず合衆国に加盟した日本も官僚は旧体制のまま引き継がれていた。


先の第二次世界大戦後の日本に於いても、それは同様だった。

連合国軍は、占領した日本に占領軍総司令長官としてマッカーサー将軍を送り込んだのだった。乗り込んできたＧＨＱのマッカーサーは、日本を統治するにあたり、日本の官僚機構をそのまま利用した。その方がスムーズに支配力が行使できるからだった。それだけでなく、天皇制まで温存して日本人を操縦しようとしたのだと考えられるのである。

そのように考えると、第二次世界大戦後の日本は、実質アメリカに支配され続けてきたと言える。講和条約を締結して独立したかに見えた日本だったが、占領軍としての米軍は日本に駐留し続け、名ばかりの軍隊と言える自衛隊は、おそらく米軍の指揮下に入れられたままだと思える。この自衛隊は今のままではおそらく自国を護るための軍隊としては機能しないと考えられる。

このように軍事だけに限らず、政治においても戦後から今現在に至るまで、日本の一般大衆には知らされないまま官僚機構はそのままに、アメリカの日本支配の手先として利用され続けてきたと考えられる。それがアメリカの戦後日本の支配構造ではなかったか。

黒船来航後の日本は、日米通商条約締結のあと、ほとんどの国民が気付かないままアメリカの掌《てのひら》で踊らされ続けてきたのだと言える。民主主義という名目のもとに、立法・司法・行政の国家運営の仕組みもまったくアメリカの機構と同じであった。日本国民が自らの手で選んだと錯覚させられてきた国会議員や、その筆頭たる首相といえども、ほとんど自らの意志は封殺されていたのではなかったか。彼等はその殆どが自分自身も気付かないまま、傀儡人形《くぐつにんぎょう》のように操られてきたと考えられる。日本を真に支配するアメリカの背後勢力は、戦後から一貫して、日本の官僚機構を利用してきた。そのような状況が戦後から現在まで与党・自民党の政治下で続けられてきたのだった。

しかし、この度の日本は、アメリカの支配下になるのを承知の上で、政治家も国民も賛同して自らその属国として加わったのだった。

今度は自らの意志で支配下に入ったのである。

問題は、合衆国の一員となった今、これから先、日本としてのアイデンティティを残すことができるのかどうか。つまり日本の文化をどのように後世に伝えて行けるかである。先ず第一に言語のことがある。日本は英語と日本語が公用語となった。合衆国政府は英語を第一国語として通用させようと義務教育化を計っている。

日本は自ら進んでアメリカの支配下に入った。ずっぽりと懐に入り、まず、アメリカの世界支配に手を貸そうというのである。アメリカに地ならしをしてもらった後、日本が世界の盟主となって世界を治めることはできないだろうか。そうすれば世界の恒久平和は実現出来るかも知れない。

しかしながら、世界を統治するには名分が必要だった。盟主として世界に認めさせるだけの根拠がいるのである。

かのアインシュタイン博士が、残したと伝わる次の言葉……。

「この世界の盟主なるものは、武力や金力ではなく、あらゆる国の歴史を抜き越えた、最も古くまた尊い家柄でなくてはならぬ」これはまさに日本のことを言っているのである。

それに、日本ＤＹには世界が認める宝物がある。これは無限大とも言える力を秘めた宝物で、その活用の仕方によっては科学力でも生産力でも、果ては軍事力でさえ、圧倒的に他を凌駕《りょうが》できる可能性を持つものである。それが世界中が昔から探し求めていた「聖櫃《せいひつ》Ark」である。

それがあるかぎり世界中が日本ＤＹにひれ伏すのは確実と言えるものだった。そして、仮にその保管場所が洩れ知られて、他国に奪われたとしても、そこに記されている秘密は容易に解読される懸念はないのだ。

アメリカ連邦日本州の公用語は、英語と日本語である。連邦政府は英語の普及を促進する政策を採っていたが、日本に住む人々はその殆どが日本語を話した。外地から日本に住み着いた人々も好んで日本語を習得して、日常的に日本語を使用するようになって来ていた。みんなが日本の文化が好きだったのである。

「日本語は美しい」「日本語の歌も素晴らしい」

外国から日本に来た多くの人々はそう言い、日本語の持つ音の響きに魅了されているようであった。

さて、話は変わってひかりの会では——。

八坂建《やさかたける》は、ひかりの会を引退して会長職を佳与に託し、隠棲《いんせい》しようと思っていた。五條市のひかりの会本部で、井原佳与、真秀、会員の星野、荒木を前にしてその話をする。

「私は今年限りで引退しようと思う」と八坂は言った。

あとを継ぐ三代目は、井原佳与会長代行に委《ゆだ》ねたい。彼女は会の運営を私以上に立派に成し、見事に発展させてくれるだろう。この三代目会長を補佐するのは真秀さんで、真秀さんが神さまの言葉を話す依代《よりしろ》つまり神主《かむぬし》の役、そしてその神様の言葉を聞いて見きわめ、信者に伝えるのが審神者《さにわ》役の佳与さんである。佳与さんはひかりの会・三代目の会長であるが、また神様の言葉を伝える代言者でもあると話した。そして、こうも言った。

「引退後、私は当分の間、和光神社の宮司をしたいと思う」と言い、あとはすべて三代目に任せるので、以後一切ひかりの会には口出しはしないつもりだが、最後に私の存念を聞いておいてもらいたいと、次のように語りはじめた。

「はじめに再確認しておきたいのは『ひかりの会』の目的のことだ」と八坂は言う。

ひかりの会の目的は、一言で言えば、お隣さんと仲良くすることで、広げて言えば、近隣諸国と友好関係を築き、世界に向かってその輪を広げ、世界に恒久平和を実現させることを第一の目的とすると、ひかりの会の目的を強調した。だから勉強会で行っている歴史勉強や霊性向上のための修習は、目的を成就させるための方法論にすぎない。また、会員の増員についても、そのこと自体が目的ではないし、金集めが目的ではないので、新会員の加入は慎重にしてほしいと話す。

「さて、ここで日本と世界のこれからの行く末について私の見方を述べておく」

八坂は一人ひとりの目を見ながら続けた。

これからの日本はどうなるのか？

これからの世界はどうなるのか？

その中で日本はどうすれば良いのか？

八坂は静かに、預言するように語る。

――世界は大きな五つの連邦に分かれて大戦争になるだろう。第三次世界大戦の勃《ぼっ》発《ぱっ》である。地球規模の大戦争になるが、この戦争だけは避け得ないだろう。この戦争を経て、一つの地球国家が実現する。では、その段階で日本はどのような役割をするのか？

はじめ日本は、アメリカ連邦の主力軍に加わって世界統一を果たすべくアフリカ連邦の征服に向かう。ここは大きな戦闘をするまでもなく配下に下すと次に中近東方面に戦端を展開する。その戦争では、アラブ系民族を中心とする中近東連邦は支配されることを拒み、遂には中国を中心とするアジア連邦と結び、頑強に抵抗する。一方、旧EUと西ロシアを中心とするヨーロッパ連邦は、イスラエルを併合してアメリカ連邦に接近しようと図る。これは大連邦の背後にある国際資本と、ユダヤ・キリスト教系の宗教勢力による画策である。これによって世界の勢力図は、［キリスト教系国家群］対［反キリスト教系国家群］の宗教戦争の様相を呈してくることだろう。このような成り行きで、世界は大きく東西に分かれ、地球が二つに割れてしまうのではないかと思うほどの、未曾有の世界大戦に突入するだろう。地球という惑星がそのバランスを崩してしまうのではないかと思える大戦争の到来である。もちろん、地球の生態系も狂ってしまうかも知れない。――

「この戦争は実に悲惨な戦争となり、人々は真に平和を希求する。戦いに倦《う》み、世界は平和を築く盟主を求める。人々は自然と日本にその役割を期待するようになるだろう」

八坂建はここで一息ついた。

「そこに日本の役割がある。世界に戦争がない地上天国を実現させるには、日本のように歴史が古く、神道のように汎神《はんしん》を信奉し、和を尊ぶ文化を持つ国が盟主となって、異文化間の理解を深める仲立ちをすれば、世界の恒久平和実現も夢ではないと思う。世界平和を担う盟主の役割は日本が一番ふさわしい」

八坂は更に続ける。

「この第三次世界大戦の後に、真の世界平和が実現するのだが……。言い換えれば、この第三次世界大戦を越えなければ世界平和はやってこないだろう。ここ迄が私が見た先の日本と世界の展望である」

そう言うと八坂は、私は本日以降ひかりの会の活動から一切手を引こうと思うので、皆さんに一番大事な事をお願いしておきたいと次のようなことを言った。

一つ、聖櫃Arkは現在埋納している場所から掘り出して、誰にも気付かれないような場所に隠し直す事。

一つ、このことは丹生一族の秘密として、必ず一族の長《おさ》となる筋の者に代々口伝する事。

一つ、一族の長は女で継承するのが習いであること。現在の一族の長、姫神子《ひめみこ》は井原佳与である事。次に続く稚姫《わかひめ》は井原真秀であること。

一つ、ひかりの会会長は誰が引き継いでも良いが、和光神社は必ず丹生一族の長に繋がる筋の者が継承すること。

一つ、一族は全て吉野三山を尊崇《そんすう》すること。

「世界平和の実現のために、ひかりの会は相互理解の輪を広げていく活動を続けてほしい」

八坂建はこの言葉を最後として、ひかりの会会長役を退いた。

替わりに三代目会長に就任したのは、もちろん井原佳与であった。

ひかりの会その後

井原佳与は、八坂建が白雲庵と名付け、引退後から侘住《わびす》まいをしている草庵《そうあん》を訪ねた。聞きたいことがあったからである。大抵の場合は娘の真秀と共に行動しているのだが、その日は一人だった。

「質問があるんやけど、聞いてもいい？」

佳与は、囲炉裏風の掘り炬燵をしつらえた小さな部屋で、八坂に入れてもらったお茶を傍らにして話しかけた。

「わたしが一番心配なのは、富士山の噴火のことなんです。いつ噴火するんですか？」

「たぶん、ここ一年くらいの内に噴火すると思うよ」

「東京の方は全部アカンようになってしまうような大噴火でしょうか？」

「いや、はじめの噴火はそれほどではないと思う。溶岩が富士五湖の内、一つか二つ塞ぐ程度やろ。火山灰は東京にも降りかかるやろうけどな。それよりも、その後に来る大噴火が怖い」

「その大噴火は何時《いつ》起こるんですか？」

「それは、はじめの噴火の後、数十年後の夏、七月二十五日。でももうその頃には、僕たちは生きてはいないやろうけどな」

八坂はすでに決まっていることのように言った。そして続けて、

「こんなこと僕に聞かんでも、あんたも大体分かっているやろうし、真秀ちゃんに聞いたらもっとよく分かるのとちがうか」

「日本はどないなるんでしょうね？」

「溶岩や火砕流で日本は東西に分断されてしまう。あらゆる災害は日本から始まり、世界に広がるという。光雲師が残した預言歌の通りに世界は進んで行くと思う」

それは、次のような預言であると、八坂は掻い摘んで話す。

日本から始まった世界的な自然災害は、天変地異の様相を示し世界各地に大災害をもたらすことになる。富士山の大噴火に伴い、溢れ出した溶岩や火砕流が周りの町や

村を焼き尽くし、山体は崩壊して高さも半分くらいになってしまう。新幹線や高速道路は分断され、地震や火災も発生して人々は逃げ惑う。その時、空が真っ暗になるほど宇宙から円盤が押し寄せ、地球から老若男女五億の人を選び、別天地へ連れて行って救う。その間に地球は火と水で清められて、そこへ選ばれた人々が連れ戻されて新天地となった地球で暮らしはじめる。新地球には夜がなく、年中花が咲き、年中果物が実って鳥や動物までが人と楽しく暮らす楽園となる。その時代では人は食べ物を摂る必要が無くなっているという。

「信じられんような話やね」

「僕はねえ、光雲先生の預言は大体当たると思うてるよ。どっちにしても僕らはもう生きてはいないやろうけどね」

「でも、生きていて、どんな世界になるのか見てみたいわ」

「子孫の誰かは生きているよ」

「生きるって、死ぬって…どういうことなんでしょうね？」

空海さんは確かこのように言ったと八坂は言い、その詩を思い出して佳与に聞かせる。

〝生まれ生まれ生まれ生まれて生の始めに暗く死に死に死に死んで死の終わりに冥《くら》し〟

これは空海さんが残した『秘蔵宝鑰《ひぞうほうやく》』に残されているものだと八坂は言い、

「空海さんですら、何も解らなかったということやないかな」と説明した。

「人は、生まれては死に、死んでは生まれ、ということを繰り返しているんやったら、前世も来世もあるのかもねえ」

「来世にも、佳与さんと会いたいねぇ」

「わたしも、あんたと又会いたいわぁ」

未来夢物語　了

●丹生伝説・未来編（旧題：真朱の姫神、初出二〇一五年七月二十一日）

【もう一つの霊異記】は、作者マルヤが見た夢を原風景として創作したモノ語りです。

実話ではなくフィクションですので、特定のモデルはありません。また、物語の中に登場する国の名も、実在する国名を借りていますがすべてが事実ではありません。

あとがき

霊異とはカミやオニ、モノノケが関わって織りなす不思議な出来事をいうようですが、夢も一つの霊異と言えるのではないでしょうか。

夢は、霊魂が脳に作用して映像として見せたものでしょう。

一方「バーチャル・リアリティー」という言葉があります。

これは「仮想現実」と日本語訳されている、科学技術によってつくられた虚構ですが、この技術が格段に進歩して、現実と殆ど区別ができないような映像を現実空間に結ぶことが出来たとしましょう。

そうしますと、虚と実との境界が曖昧になってきます。

虚構が現実に限りなく近づいていくと、それが事実に成り得る可能性が出てきます。

ここに「うそとほんと」と題した谷川俊太郎の詩を掲げます。

うそはほんとによく似てる

ほんとはうそによく似てる
うそとほんとは
双生児

うそはほんととよくまざる
ほんとはうそとよくまざる
うそとほんとは
化合物

うその中にうそを探すな
ほんとの中にうそを探せ
ほんとの中にほんとを探すな
うその中にほんとを探せ

また、「夢か現か幻か」とも言います。

意識が混濁している時は、これは夢なのだろうか？　現実なのだろうか？　と判断できない場合があります。

私などの場合、昨夜に見た夢と遠い昔の幼年期に実際に遭遇した経験的事実とが、全く区別がつかない場合があります。

たとえ虚構であったとしても、誰かが現実と認識することで、それは現実と成り得る可能性があるのではないでしょうか。

『もう一つの霊異記』で語ってきた一連の物語は、作者が見た夢を原風景にして紡いできたモノカタリです。虚実が入り混じっていることを、どうかご承知おきください。

最後になりましたが、この度ご縁ができて、拙著『もう一つの霊異記』を出版してくれることになった東京図書出版さんにお礼を申し上げたいと思います。

ありがとうございました。

令和3年1月8日

丸谷いはほ

参考文献

『新編日本古典文学全集2　日本書紀』（小学館）
『新日本古典文学大系30　日本霊異記』（岩波書店）
『生命の水　愛に生きる智辯尊女』山岡荘八監修（ダイニチ出版）
『大和物語　アマテラスのメッセージ』第一巻、第二巻、山内光雲（たま出版）
『神社祭式同行事作法解説』神社本庁編
ホームページ「吉野へようこそ」www.yasaka.org（やさか工房）

丸谷　いはほ（まるや　いはほ）

1945年５月29日　奈良県吉野郡白銀村（現五條市西吉野町）生まれ
会社勤務の傍ら仏教や神道を独学
2005年４月　佛教大学文学部入学（通信課程）
2009年３月　同上同学部卒業
同　年４月　皇學館大学神道学専攻科入学
同　年６月　同上中途退学後「やさか工房」（www.yasaka.org）主宰
現在に至る

【著書】
『もう一つの空海伝』海風社（2016年）
『もう一つの聖櫃伝』海風社（2018年）

もう一つの霊異記

2021年2月28日　初版第1刷発行

著　　者　丸谷いはほ
発 行 者　中 田 典 昭
発 行 所　東京図書出版
発行発売　株式会社 リフレ出版
〒113-0021　東京都文京区本駒込 3-10-4
電話 (03)3823-9171　FAX 0120-41-8080
印　　刷　株式会社 ブレイン

ISBN978-4-86641-387-7 C0093
Printed in Japan 2021